Tucholsky Wagner Zola Scott Schlegel
Turgenev Wallace Fonatne Sydow Freud
Twain Walther von der Vogelweide Fouqué Friedrich II. von Preußen
Weber Freiligrath
Fechner Fichte Weiße Rose von Fallersleben Kant Ernst Frey
Engels Fielding Hölderlin Richthofen Frommel
Fehrs Faber Flaubert Eichendorff Tacitus Dumas
Feuerbach Maximilian I. von Habsburg Fock Eliasberg Zweig Ebner Eschenbach
Ewald Eliot Vergil
Goethe Elisabeth von Österreich London
Mendelssohn Balzac Shakespeare Dostojewski Ganghofer
Trackl Lichtenberg Rathenau Doyle Gjellerup
Mommsen Thoma Tolstoi Lenz Hambruch Droste-Hülshoff
Dach Verne von Arnim Hägele Hanrieder Humboldt
Karrillon Reuter Rousseau Hagen Hauff Gautier
Garschin Hauptmann
Damaschke Defoe Hebbel Baudelaire
Descartes Hegel Kussmaul Herder
Wolfram von Eschenbach Dickens Schopenhauer Rilke George
Bronner Darwin Melville Grimm Jerome Bebel
Campe Horváth Aristoteles Proust
Bismarck Vigny Barlach Voltaire Federer Herodot
Gengenbach Heine
Storm Casanova Tersteegen Grillparzer Georgy
Chamberlain Lessing Langbein Gilm
Brentano Claudius Schiller Lafontaine Gryphius
Strachwitz Bellamy Schilling Kralik Iffland Sokrates
Katharina II. von Rußland Gerstäcker Raabe Gibbon Tschechow
Löns Hesse Hoffmann Gogol Wilde Vulpius
Luther Heym Hofmannsthal Klee Hölty Morgenstern Gleim
Roth Heyse Klopstock Homer Kleist Goedicke
Luxemburg Puschkin Mörike Musil
Machiavelli La Roche Horaz
Navarra Aurel Musset Kierkegaard Kraft Kraus
Nestroy Marie de France Lamprecht Kind Kirchhoff Hugo Moltke
Laotse Ipsen Liebknecht
Nietzsche Nansen Ringelnatz
Marx Lassalle Gorki Klett Leibniz
von Ossietzky May Lawrence Irving
Petalozzi vom Stein
Platon Knigge
Sachs Pückler Michelangelo Kafka
Poe Kock
de Sade Praetorius Liebermann Korolenko
Mistral Zetkin

Der Verlag tradition aus Hamburg veröffentlicht in der Reihe **TREDITION CLASSICS** Werke aus mehr als zwei Jahrtausenden. Diese waren zu einem Großteil vergriffen oder nur noch antiquarisch erhältlich.

Symbolfigur für **TREDITION CLASSICS** ist Johannes Gutenberg (1400 — 1468), der Erfinder des Buchdrucks mit Metalllettern und der Druckerpresse.

Mit der Buchreihe **TREDITION CLASSICS** verfolgt tradition das Ziel, tausende Klassiker der Weltliteratur verschiedener Sprachen wieder als gedruckte Bücher aufzulegen – und das weltweit!

Die Buchreihe dient zur Bewahrung der Literatur und Förderung der Kultur. Sie trägt so dazu bei, dass viele tausend Werke nicht in Vergessenheit geraten.

Märchenalmanach auf das Jahr 1827

Wilhelm Hauff

Impressum

Autor: Wilhelm Hauff
Umschlagkonzept: toepferschumann, Berlin

Verlag: tradition GmbH, Hamburg
ISBN: 978-3-8495-2861-4
Printed in Germany

Ziel der TREDITION CLASSICS ist es, tausende deutsch- und fremdsprachige Klassiker wieder in Buchform verfügbar zu machen. Die Werke wurden eingescannt und digitalisiert. Dadurch können etwaige Fehler nicht komplett ausgeschlossen werden. Unsere Kooperationspartner und wir von tradition versuchen, die Werke bestmöglich zu bearbeiten. Sollten Sie trotzdem einen Fehler finden, bitten wir diesen zu entschuldigen. Die Rechtschreibung der Originalausgabe wurde unverändert übernommen. Daher können sich hinsichtlich der Schreibweise Widersprüche zu der heutigen Rechtschreibung ergeben.

Der Scheik von Alessandria und seine Sklaven

Der Scheik von Alessandria, Ali Banu, war ein sonderbarer Mann;
wenn er morgens durch die Straßen der Stadt ging, angetan mit
einem Turban, aus den köstlichsten Kaschmirs gewunden, mit dem
Festkleide und dem reichen Gürtel, der fünfzig Kamele wert war,
wenn er einherging langsamen, gravitätischen Schrittes, seine Stirne
in finstere Falten gelegt, seine Augenbrauen zusammengezogen, die
Augen niedergeschlagen und alle fünf Schritte gedankenvoll seinen
langen, schwarzen Bart streichend; wenn er so hinging nach der
Moschee, um, wie es seine Würde forderte, den Gläubigen Vorlesungen über den Koran zu halten: da blieben die Leute auf der Straße stehen, schauten ihm nach und sprachen zueinander: »Es ist
doch ein schöner, stattlicher Mann, und reich, ein reicher Herr«,
setzte wohl ein anderer hinzu, »sehr reich; hat er nicht ein Schloß
am Hafen von Stambul? Hat er nicht Güter und Felder und viele
tausend Stück Vieh und viele Sklaven?«

»Ja«, sprach ein dritter, »und der Tatar, der letzthin von Stambul
her, vom Großherrn selbst, den der Prophet segnen möge, an ihn
geschickt kam, der sagte mir, daß unser Scheik sehr in Ansehen
stehe beim Reis-Effendi, beim Kapidschi-Baschi, bei allen, ja beim
Sultan selbst.«

»Ja«, rief ein vierter, »seine Schritte sind gesegnet; er ist ein reicher, vornehmer Herr, aber – aber, ihr wißt, was ich meine!« »Ja, ja!«
murmelten dann die anderen dazwischen, »es ist wahr, er hat auch
ein Teil zu tragen, möchten nicht mit ihm tauschen; ist ein reicher,
vornehmer Herr; aber, aber!«

Ali Banu hatte ein herrliches Haus auf dem schönsten Platz von
Alessandria; vor dem Hause war eine weite Terrasse, mit Marmor
ummauert, beschattet von Palmbäumen; dort saß er oft abends und
rauchte seine Wasserpfeife. In ehrerbietiger Entfernung harrten
dann zwölf reichgekleidete Sklaven seines Winkes; der eine trug
seinen Betel, der andere hielt seinen Sonnenschirm, ein dritter hatte
Gefäße von gediegenem Golde, mit köstlichem Sorbet angefüllt, ein
vierter trug einen Wedel von Pfauenfedern, um die Fliegen aus der
Nähe des Herrn zu verscheuchen; andere waren Sänger und trugen
Lauten und Blasinstrumente, um ihn zu ergötzen mit Musik, wenn

er es verlangte, und der gelehrteste von allen trug mehrere Rollen, um ihm vorzulesen.

Aber sie harreten vergeblich auf seinen Wink; er verlangte nicht Musik noch Gesang, er wollte keine Sprüche oder Gedichte weiser Dichter der Vorzeit hören, er wollte keinen Sorbet zu sich nehmen, noch Betel kauen, ja, selbst der mit dem Fächer aus Pfauenfeder hatte vergebliche Arbeit; denn der Herr bemerkte es nicht, wenn ihn eine Fliege summend umschwärmte. Da blieben oft die Vorübergehenden stehen, staunten über die Pracht des Hauses, über die reichgekleideten Sklaven und über die Bequemlichkeit, womit alles versehen war; aber wenn sie dann den Scheik ansahen, wie er so ernst und düster unter den Palmen saß, seine Augen nirgends hinwandte als auf die bläulichen Wölkchen seiner Wasserpfeife, da schüttelten sie die Köpfe und sprachen: »Wahrlich, der reiche Mann ist ein armer Mann. Er, der viel hat, ist ärmer als der, der nichts hat; denn der Prophet hat ihm den Verstand nicht gegeben, es zu genießen.«

So sprachen die Leute, lachten über ihn und gingen weiter.

Eines Abends, als der Scheik wiederum vor der Türe seines Hauses saß, umgeben von allem Glanz der Erde, und traurig und einsam seine Wasserpfeife rauchte, standen nicht ferne davon einige junge Leute, betrachteten ihn und lachten.

»Wahrlich«, sprach der eine, »das ist ein törichter Mann, der Scheik Ali Banu; hätte ich seine Schätze, ich wollte sie anders anwenden. Alle Tage wollte ich leben herrlich und in Freuden; meine Freunde müßten bei mir speisen in den großen Gemächern des Hauses, und Jubel und Lachen müßten diese traurigen Hallen füllen.«

»Ja«, erwiderte ein anderer. »Das wäre nicht so übel; aber viele Freunde zehren ein Gut auf, und wäre es so groß als das des Sultans, den der Prophet segne; aber säße ich abends so unter den Palmen auf dem schönen Platze hier, da müßten mir die Sklaven dort singen und musizieren, meine Tänzer müßten kommen und tanzen und springen und allerlei wunderliche Stücke aufführen. Dazu rauchte ich recht vornehm die Wasserpfeife, ließe mir den köstlichen Sorbet reichen und ergötzte mich an all diesem wie ein König von Bagdad.«

»Der Scheik«, sprach ein dritter dieser jungen Leute, der ein Schreiber war, »der Scheik soll ein gelehrter und weiser Mann sein, und wirklich, seine Vorlesungen über den Koran zeugen von Belesenheit in allen Dichtern und Schriften der Weisheit; aber ist auch sein Leben so eingerichtet, wie es einem vernünftigen Manne geziemt? Dort steht ein Sklave mit einem ganzen Arm voll Rollen; ich gäbe mein Festkleid dafür, nur eine davon lesen zu dürfen; denn es sind gewiß seltene Sachen. Aber er? Er sitzt und raucht und läßt Bücher – Bücher sein. Wäre ich der Scheik Ali Banu, der Kerl müßte mir vorlesen, bis er keinen Atem mehr hätte oder bis die Nacht heraufkäme; und auch dann noch müßte er mir lesen, bis ich entschlummert wäre.« »Ha! Ihr wißt mir recht, wie man sich ein köstliches Leben einrichtet«, lachte der vierte; »essen und trinken, singen und tanzen, Sprüche lesen und Gedichte hören von armseligen Dichtern! Nein, ich würde es ganz anders machen. Er hat die herrlichsten Pferde und Kamele und Geld die Menge. Da würde ich an seiner Stelle reisen, reisen bis an der Welt Ende und selbst zu den Moskowitern, selbst zu den Franken. Kein Weg wäre mir zu weit, um die Herrlichkeiten der Welt zu sehen. So würde ich tun, wäre ich jener Mann dort.«

»Die Jugend ist eine schöne Zeit und das Alter, wo man fröhlich ist«, sprach ein alter Mann von unscheinbarem Aussehen, der neben ihnen stand und ihre Reden gehört hatte, »aber erlaubet mir, daß ich es sage, die Jugend ist auch töricht und schwatzt hier und da in den Tag hinein, ohne zu wissen, was sie tut.«

»Was wollt Ihr damit sagen, Alter?« fragten verwundert die jungen Leute. »Meinet Ihr uns damit? Was geht es Euch an, daß wir die Lebensart des Scheiks tadeln?«

»Wenn einer etwas besser weiß als der andere, so berichtige er seinen Irrtum, so will es der Prophet«, erwiderte der alte Mann, »der Scheik, es ist wahr, ist gesegnet mit Schätzen und hat alles, wonach das Herz verlangt, aber er hat Ursache, ernst und traurig zu sein. Meinet ihr, er sei immer so gewesen? Nein, ich habe ihn noch vor fünfzehn Jahren gesehen, da war er munter und rüstig wie die Gazelle und lebte fröhlich und genoß sein Leben. Damals hatte er einen Sohn, die Freude seiner Tage, schön und gebildet, und wer ihn sah und sprechen hörte, mußte den Scheik beneiden um diesen

Schatz, denn er war erst zehn Jahre alt, und doch war er schon so gelehrt wie ein anderer kaum im achtzehnten.«

»Und der ist ihm gestorben? Der arme Scheik!« rief der junge Schreiber.

»Es wäre tröstlich für ihn, zu wissen, daß er heimgegangen in die Wohnungen des Propheten, wo er besser lebte als hier in Alessandria; aber das, was er erfahren mußte, ist viel schlimmer. Es war damals die Zeit, wo die Franken wie hungrige Wölfe herüberkamen in unser Land und Krieg mit uns führten. Sie hatten Alessandria überwältigt und zogen von da aus weiter und immer weiter und bekriegten die Mamelucken. Der Scheik war ein kluger Mann und wußte sich gut mit ihnen zu vertragen; aber, sei es, weil sie lüstern waren nach seinen Schätzen, sei es, weil er sich seiner gläubigen Brüder annahm, ich weiß es nicht genau; kurz, sie kamen eines Tages in sein Haus und beschuldigten ihn, die Mamelucken heimlich mit Waffen, Pferden und Lebensmitteln unterstützt zu haben. Er mochte seine Unschuld beweisen, wie er wollte, es half nichts, denn die Franken sind ein rohes, hartherziges Volk, wenn es darauf ankommt, Geld zu erpressen. Sie nahmen also seinen jungen Sohn, Kairam geheißen, als Geisel in ihr Lager. Er bot ihnen viel Geld für ihn; aber sie gaben ihn nicht los und wollten ihn zu noch höherem Gebot steigern. Da kam ihnen auf einmal von ihrem Bassa, oder was er war, der Befehl, sich einzuschiffen; niemand in Alessandria wußte ein Wort davon, und – plötzlich waren sie auf der hohen See, und den kleinen Kairam, Ali Banus Sohn, schleppten sie wohl mit sich, denn man hat nie wieder etwas von ihm gehört.«

»O der arme Mann, wie hat ihn doch Allah geschlagen!« riefen einmütig die jungen Leute und schauten mitleidig hin nach dem Scheik, der, umgeben von Herrlichkeit, trauernd und einsam unter den Palmen saß.

»Sein Weib, das er sehr geliebt hat, starb ihm aus Kummer um ihren Sohn; er selbst aber kaufte sich ein Schiff, rüstete es aus und bewog den fränkischen Arzt, der dort unten am Brunnen wohnt, mit ihm nach Frankistan zu reisen, um den verlorenen Sohn aufzusuchen. Sie schifften sich ein und waren lange Zeit auf dem Meere und kamen endlich in das Land jener Giaurs, jener Ungläubigen, die in Alessandria gewesen waren. Aber dort soll es gerade schrecklich zugegangen sein. Sie hatten ihren Sultan umgebracht, und die Paschas und die Reichen und Armen schlugen einander die Köpfe ab, und es war keine Ordnung im Lande. Vergeblich suchten sie in jeder Stadt nach dem kleinen Kairam, niemand wollte von ihm wissen, und der fränkische Doktor riet endlich dem Scheik, sich einzuschiffen, weil sie sonst wohl selbst um ihre Köpfe kommen könnten.

So kamen sie wieder zurück, und seit seiner Ankunft hat der Scheik gelebt wie an diesem Tag, denn er trauert um seinen Sohn, und er hat recht. Muß er nicht, wenn er ißt und trinkt, denken, jetzt muß vielleicht mein armer Kairam hungern und dürsten?

Und wenn er sich bekleidet mit reichen Schals und Festkleidern, wie es sein Amt und seine Würde will, muß er nicht denken, jetzt hat er wohl nichts, womit er seine Blöße deckt? Und wenn er umgeben ist von Sängern und Tänzern und Vorlesern, seinen Sklaven, denkt er da nicht, jetzt muß wohl mein armer Sohn seinem fränkischen Gebieter Sprünge vormachen und musizieren, wie er es haben will? Und was ihm den größten Kummer macht, er glaubt, der kleine Kairam werde, so weit vom Lande seiner Väter und mitten unter Ungläubigen, die seiner spotten, abtrünnig werden vom Glauben seiner Väter und er werde ihn einst nicht umarmen können in den Gärten des Paradieses!

Darum ist er auch so mild gegen seine Sklaven und gibt große Summen an die Armen; denn er denkt, Allah werde es vergelten und das Herz seiner fränkischen Herren rühren, daß sie seinen Sohn mild behandeln. Auch gibt er jedesmal, wenn der Tag kommt, an welchem ihm sein Sohn entrissen wurde, zwölf Sklaven frei.«

»Davon habe ich auch schon gehört«, entgegnete der Schreiber, »aber man trägt sich mit wundervollen Reden; von seinem Sohne wurde dabei nichts erwähnt; wohl aber sagte man, er sei ein sonderbarer Mann und ganz besonders erpicht auf Erzählungen; da soll er jedes Jahr unter seinen Sklaven einen Wettstreit anstellen, und wer am besten erzählt, den gibt er frei.« »Verlasset euch nicht auf das Gerede der Leute«, sagte der alte Mann, »es ist so, wie ich es sage, und ich weiß es genau; möglich ist, daß er sich an diesem schweren Tage aufheitern will und sich Geschichten erzählen läßt; doch gibt er sie frei um seines Sohnes willen. Doch, der Abend wird kühl, und ich muß weitergehen. Salem aleikum, Friede sei mit euch, ihr jungen Herren, und denket in Zukunft besser von dem guten Scheik!«

Die jungen Leute dankten dem Alten für seine Nachrichten, schauten noch einmal nach dem trauernden Vater und gingen die Straße hinab, indem sie zueinander sprachen: »Ich möchte doch nicht der Scheik Ali Banu sein.«

Nicht lange Zeit, nachdem diese jungen Leute mit dem alten Mann über den Scheik Ali Banu gesprochen hatten, traf es sich, daß sie um die Zeit des Morgengebets wieder diese Straße gingen. Da fiel ihnen der alte Mann und seine Erzählung ein, und sie beklagten zusammen den Scheik und blickten nach seinem Hause. Aber wie staunten sie, als sie dort alles aufs herrlichste ausgeschmückt fanden! Von dem Dache, wo geputzte Sklavinnen spazierengingen, wehten Wimpeln und Fahnen, die Halle des Hauses war mit köstlichen Teppichen belegt, Seidenstoff schloß sich an diese an, der über die breiten Stufen der Treppe gelegt war, und selbst auf der Straße war noch schönes, feines Tuch ausgebreitet, wovon sich mancher wünschen mochte zu einem Festkleid oder zu einer Decke für die Füße.

»Ei, wie hat sich doch der Scheik geändert in den wenigen Tagen!« sprach der junge Schreiber. »Will er ein Fest geben? Will er seine Sänger und Tänzer anstrengen? Seht mir diese Teppiche! Hat sie einer so schön in ganz Alessandria! Und dieses Tuch auf dem gemeinen Boden, wahrlich, es ist schade dafür!«

»Weißt du, was ich denke?« sprach ein anderer. »Er empfängt sicherlich einen hohen Gast; denn das sind Zubereitungen, wie man sie macht, wenn ein Herrscher von großen Ländern oder ein Effendi des Großherrn ein Haus mit seinem Besuch segnet. Wer mag wohl heute hierherkommen?«

»Siehe da, geht dort unten nicht unser Alter von letzthin? Ei, der weiß ja alles und muß auch darüber Aufschluß geben können. Heda! Alter Herr! Wollet Ihr nicht ein wenig zu uns treten?« So riefen sie; der alte Mann aber bemerkte ihre Winke und kam zu ihnen; denn er erkannte sie als die jungen Leute, mit welchen er vor einigen Tagen gesprochen. Sie machten ihn aufmerksam auf die Zurüstungen im Hause des Scheiks und fragten ihn, ob er nicht wisse, welch hoher Gast wohl erwartet werde.

»Ihr glaubt wohl«, erwiderte er, »Ali Banu feiere heute ein großes Freudenfest, oder der Besuch eines großen Mannes beehre sein Haus? Dem ist nicht also; aber heute ist der zwölfte Tag des Monats Ramadan, wie ihr wisset, und an diesem Tag wurde sein Sohn ins Lager geführt.«

»Aber beim Bart des Propheten!« rief einer der jungen Leute. »Das sieht ja alles aus wie Hochzeit und Festlichkeiten, und doch ist es sein berühmter Trauertag, wie reimt Ihr das zusammen? Gesteht, der Scheik ist denn doch etwas zerrüttet im Verstand.«

»Urteilt Ihr noch immer so schnell, mein junger Freund?« fragte der Alte lächelnd. »Auch diesmal war Euer Pfeil wohl spitzig und scharf, die Sehne Eures Bogens straff angezogen, und doch habt Ihr weitab vom Ziele geschossen. Wisset, daß heute der Scheik seinen Sohn erwartet.«

»So ist er gefunden?« riefen die Jünglinge und freuten sich. »Nein, und er wird sich wohl lange nicht finden; aber wisset: Vor acht oder zehn Jahren, als der Scheik auch einmal mit Trauern und Klagen diesen Tag beging, auch Sklaven freigab und viele Arme speiste und tränkte, da traf es sich, daß er auch einem Derwisch, der müde und matt im Schatten jenes Hauses lag, Speise und Trank reichen ließ. Der Derwisch aber war ein heiliger Mann und erfahren in Prophezeiungen und im Sterndeuten. Der trat, als er gestärkt war durch die milde Hand des Scheiks, zu ihm und sprach: 'Ich kenne die Ursache deines Kummers; ist nicht heute der zwölfte Ramadan, und hast du nicht an diesem Tage deinen Sohn verloren? Aber sei getrost, dieser Tag der Trauer wird dir zum Festtag werden, denn wisse, an diesem Tage wird einst dein Sohn zurückkehren!' So sprach der Derwisch. Es wäre Sünde für jeden Muselmann, an der Rede eines solchen Mannes zu zweifeln; der Gram Alis wurde zwar dadurch nicht gemildert, aber doch harrt er an diesem Tage immer auf die Rückkehr seines Sohnes und schmückt sein Haus und seine Halle und die Treppen, als könne jener zu jeder Stunde anlangen.«

»Wunderbar!« erwiderte der Schreiber. »Aber zusehen möchte ich doch, wie alles so herrlich bereitet ist, wie er selbst in dieser Herrlichkeit trauert, und hauptsächlich möchte ich zuhören, wie er sich von seinen Sklaven erzählen läßt.«

»Nichts leichter als dies«, antwortete der Alte. »Der Aufseher der Sklaven jenes Hauses ist mein Freund seit langen Jahren und gönnt mir an diesem Tage immer ein Plätzchen in dem Saal, wo man unter der Menge der Diener und Freunde des Scheiks den einzelnen nicht bemerkt. Ich will mit ihm reden, daß er euch einläßt; ihr seid ja nur zu viert, und da kann es schon gehen; kommet um die neunte Stunde auf diesen Platz, und ich will euch Antwort geben.«

So sprach der Alte; die jungen Leute aber dankten ihm und entfernten sich, voll Begierde zu sehen, wie sich dies alles begeben würde.

Sie kamen zur bestimmten Stunde auf den Platz vor dem Hause des Scheik und trafen da den Alten, der ihnen sagte, daß der Aufseher der Sklaven erlaubt habe, sie einzuführen. Er ging voran, doch nicht durch die reichgeschmückten Treppen und Tore, sondern durch ein Seitenpförtchen, das er sorgfältig wieder verschloß. Dann führte er sie durch mehrere Gänge, bis sie in den großen Saal kamen. Hier war ein großes Gedränge von allen Seiten; da waren reichgekleidete Männer, angesehene Herren der Stadt und Freunde des Scheik, die gekommen waren, ihn in seinem Schmerz zu trösten. Da waren Sklaven aller Art und aller Nationen. Aber alle sahen kummervoll aus; denn sie liebten ihren Herrn und trauerten mit ihm. Am Ende des Saales, auf einem reichen Diwan, saßen die vornehmsten Freunde Alis und wurden von den Sklaven bedient. Neben ihnen auf dem Boden saß der Scheik; denn die Trauer um seinen Sohn erlaubte ihm nicht, auf dem Teppich der Freude zu sitzen. Er hatte sein Haupt in die Hand gestützt und schien wenig auf die Tröstungen zu hören, die ihm seine Freunde zuflüsterten. Ihm gegenüber saßen einige alte und junge Männer in Sklaventracht. Der Alte belehrte seine jungen Freunde, daß dies die Sklaven seien, die Ah Banu an diesem Tage freigebe. Es waren unter ihnen auch einige Franken, und der Alte machte besonders auf einen von ihnen aufmerksam, der von ausgezeichneter Schönheit und noch sehr jung war. Der Scheik hatte ihn erst einige Tage zuvor einem Sklavenhändler von Tunis um eine große Summe abgekauft und gab ihn dennoch jetzt schon frei, weil er glaubte, je mehr Franken er in ihr Vaterland zurückschicke, desto früher werde der Prophet seinen Sohn erlösen.

Nachdem man überall Erfrischungen umhergereicht hatte, gab der Scheik dem Aufseher der Sklaven ein Zeichen. Dieser stand auf, und es ward tiefe Stille im Saal. Er trat vor die Sklaven, welche freigelassen werden sollten, und sprach mit vernehmlichen Stimme: »Ihr Männer, die ihr heute frei sein werdet durch die Gnade meines Herrn Ali Banu, des Scheik von Alessandria, tuet nur, wie es Sitte ist an diesem Tage in seinem Hause, und hebet an zu erzählen!«

Sie flüsterten untereinander. Dann aber nahm ein alter Sklave das Wort und fing an zu erzählen:

*

*

14

Der Zwerg Nase

Herr! Diejenigen tun sehr unrecht, welche glauben, es habe nur zu Zeiten Haruns Al-Raschid, des Beherrschers von Bagdad, Feen und Zauberer gegeben, oder die gar behaupten, jene Berichte von dem Treiben der Genien und ihrer Fürsten, welche man von den Erzählern auf den Märkten der Stadt hört, seien unwahr. Noch heute gibt es Feen, und es ist nicht so lange her, daß ich selbst Zeuge einer Begebenheit war, wo offenbar die Genien im Spiele waren, wie ich euch berichten werde.

In einer bedeutenden Stadt meines lieben Vaterlandes, Deutschlands, lebte vor vielen Jahren ein Schuster mit seiner Frau schlicht und recht. Er saß bei Tag an der Ecke der Straße und flickte Schuhe und Pantoffeln und machte wohl auch neue, wenn ihm einer welche anvertrauen mochte; doch mußte er dann das Leder erst einkaufen, denn er war arm und hatte keine Vorräte. Seine Frau verkaufte Gemüse und Früchte, die sie in einem kleinen Gärtchen vor dem Tore pflanzte, und viele Leute kauften gerne bei ihr, weil sie reinlich und sauber gekleidet war und ihr Gemüse auf gefällige Art auszubreiten wußte.

Die beiden Leutchen hatten einen schönen Knaben, angenehm von Gesicht, wohlgestaltet und für das Alter von zwölf Jahren schon ziemlich groß. Er pflegte gewöhnlich bei der Mutter auf dem Gemüsemarkt zu sitzen, und den Weibern oder Köchen, die viel bei der Schustersfrau eingekauft hatten, trug er wohl auch einen Teil der Früchte nach Hause, und selten kam er von einem solchen Gang zurück ohne eine schöne Blume oder ein Stückchen Geld oder Kuchen; denn die Herrschaften dieser Köche sahen es gerne, wenn man den schönen Knaben mit nach Hause brachte, und beschenkten ihn immer reichlich.

Eines Tages saß die Frau des Schusters wieder wie gewöhnlich auf dem Markte, sie hatte vor sich einige Körbe mit Kohl und anderm Gemüse, allerlei Kräuter und Sämereien, auch in einem kleineren Körbchen frühe Birnen, Äpfel und Aprikosen. Der kleine Jakob, so hieß der Knabe, saß neben ihr und rief mit heller Stimme die Waren aus: »Hierher, ihr Herren, seht, welch schöner Kohl, wie wohlriechend diese Kräuter; frühe Birnen, ihr Frauen, frühe Äpfel und Aprikosen, wer kauft? Meine Mutter gibt es wohlfeil.« So rief der Knabe. Da kam ein altes Weib über den Markt her; sie sah etwas zerrissen und zerlumpt aus, hatte ein kleines, spitziges Gesicht, vom Alter ganz eingefurcht, rote Augen und eine spitzige, gebogene Nase, die gegen das Kinn hinabstrebte; sie ging an einem langen Stock, und doch konnte man nicht sagen, wie sie ging; denn sie hinkte und rutschte und wankte; es war, als habe sie Räder in den Beinen und könne alle Augenblicke umstülpen und mit der spitzigen Nase aufs Pflaster fallen.

Die Frau des Schusters betrachtete dieses Weib aufmerksam. Es waren jetzt doch schon sechzehn Jahre, daß sie täglich auf dem Markte saß, und nie hatte sie diese sonderbare Gestalt bemerkt. Aber sie erschrak unwillkürlich, als die Alte auf sie zuhinkte und an ihren Körben stillstand.

»Seid Ihr Hanne, die Gemüsehändlerin?« fragte das alte Weib mit unangenehmer, krächzender Stimme, indem sie beständig den Kopf hin und her schüttelte.

»Ja, die bin ich«, antwortete die Schustersfrau, »ist Euch etwas gefällig?«

»Wollen sehen, wollen sehen! Kräutlein schauen, Kräutlein schauen, ob du hast, was ich brauche«, antwortete die Alte, beugte sich nieder vor den Körben und fuhr mit ein Paar dunkelbraunen, häßlichen Händen in den Kräuterkorb hinein, packte die Kräutlein, die so schön und zierlich ausgebreitet waren, mit ihren langen Spinnenfingern, brachte sie dann eins um das andere hinauf an die lange Nase und beroch sie hin und her. Der Frau des Schusters wollte es fast das Herz abdrucken, wie sie das alte Weib also mit ihren seltenen Kräutern hantieren sah; aber sie wagte nichts zu sagen; denn es war das Recht des Käufers, die Ware zu prüfen, und überdies empfand sie ein sonderbares Grauen vor dem Weibe. Als jene den ganzen Korb durchgemustert hatte, murmelte sie: »Schlechtes Zeug, schlechtes Kraut, nichts von allem, was ich will, war viel besser vor fünfzig Jahren; schlechtes Zeug, schlechtes Zeug!«

Solche Reden verdrossen nun den kleinen Jakob. »Höre, du bist ein unverschämtes, altes Weib«, rief er unmutig, »erst fährst du mit deinen garstigen, braunen Fingern in die schönen Kräuter hinein und drückst sie zusammen, dann hältst du sie an deine lange Nase, daß sie niemand mehr kaufen mag, wer zugesehen, und jetzt schimpfst du noch unsere Ware schlechtes Zeug, und doch kauft selbst der Koch des Herzogs alles bei uns!«

Das alte Weib schielte den mutigen Knaben an, lachte widerlich und sprach mit heiserer Stimme: »Söhnchen, Söhnchen! Also gefällt dir meine Nase, meine schöne lange Nase? Sollst auch eine haben mitten im Gesicht bis übers Kinn herab.« Während sie so sprach, rutschte sie an den andern Korb, in welchem Kohl ausgelegt war. Sie nahm die herrlichsten weißen Kohlhäupter in die Hand, drückte sie zusammen, daß sie ächzten, warf sie dann wieder unordentlich in den Korb und sprach auch hier: »Schlechte Ware, schlechter Kohl!«

»Wackle nur nicht so garstig mit dem Kopf hin und her!« rief der Kleine ängstlich. »Dein Hals ist ja so dünne wie ein Kohlstengel, der könnte leicht abbrechen, und dann fiele dein Kopf hinein in den Korb; wer wollte dann noch kaufen!«

»Gefallen sie dir nicht, die dünnen Hälse?« murmelte die Alte lachend. »Sollst gar keinen haben, Kopf muß in den Schultern stecken, daß er nicht herabfällt vom kleinen Körperlein!«

»Schwatzt doch nicht so unnützes Zeug mit dem Kleinen da«, sagte endlich die Frau des Schusters im Unmut über das lange Prüfen, Mustern und Beriechen, »wenn Ihr etwas kaufen wollt, so sputet Euch, Ihr verscheucht mir ja die anderen Kunden.«

»Gut, es sei, wie du sagst«, rief die Alte mit grimmigem Blick. »Ich will dir diese sechs Kohlhäupter abkaufen; aber siehe, ich muß mich auf den Stab stützen und kann nichts tragen; erlaube deinem Söhnlein, daß es mir die Ware nach Hause bringt, ich will es dafür belohnen.«

Der Kleine wollte nicht mitgehen und weinte; denn ihm graute vor der häßlichen Frau, aber die Mutter befahl es ihm ernstlich, weil sie es doch für eine Sünde hielt, der alten, schwächlichen Frau diese Last allein aufzubürden; halb weinend tat er, wie sie befohlen, raffte die Kohlhäupter in ein Tuch zusammen und folgte dem alten Weibe über den Markt hin.

Es ging nicht sehr schnell bei ihr, und sie brauchte beinahe drei Viertelstunden, bis sie in einen ganz entlegenen Teil der Stadt kam und endlich vor einem kleinen, baufälligen Hause stillhielt. Dort zog sie einen alten, rostigen Haken aus der Tasche, fuhr damit geschickt in ein kleines Loch in der Türe, und plötzlich sprang diese krachend auf. Aber wie war der kleine Jakob überrascht, als er eintrat! Das Innere des Hauses war prachtvoll ausgeschmückt, von Marmor waren die Decke und die Wände, die Gerätschaften vom schönsten Ebenholz, mit Gold und geschaffenen Steinen eingelegt, der Boden aber war von Glas und so glatt, daß der Kleine einigemal ausglitt und umfiel. Die Alte aber zog ein silbernes Pfeifchen aus der Tasche und pfiff eine Weise darauf, die gellend durch das Haus tönte. Da kamen sogleich einige Meerschweinchen die Treppe herab; dem Jakob wollte es aber ganz sonderbar dünken, daß sie aufrecht auf zwei Beinen gingen, Nußschalen statt Schuhen an den Pfoten trugen, menschliche Kleider angelegt und sogar Hüte nach der neuesten Mode auf die Köpfe gesetzt hatten. »Wo habt ihr meine Pantoffeln, schlechtes Gesindel?« rief die Alte und schlug mit dem Stock nach ihnen, daß sie jammernd in die Höhe sprangen. »Wie lange soll ich noch so dastehen?«

Sie sprangen schnell die Treppe hinauf und kamen wieder mit ein Paar Schalen von Kokosnuß, mit Leder gefüttert, welche sie der Alten geschickt an die Füße steckten.

Jetzt war alles Hinken und Rutschen vorbei. Sie warf den Stab von sich und glitt mit großer Schnelligkeit über den Glasboden hin, indem sie den kleinen Jakob an der Hand mit fortzog. Endlich hielt sie in einem Zimmer stille, das, mit allerlei Gerätschaften ausgeputzt, beinahe einer Küche glich, obgleich die Tische von Mahoniholz und die Sofas, mit reichen Teppichen behängt, mehr zu einem Prunkgemach paßten. »Setze dich, Söhnchen«, sagte die Alte recht freundlich, indem sie ihn in die Ecke eines Sofas drückte und einen Tisch also vor ihn hinstellte, daß er nicht mehr hervorkommen konnte. »Setze dich, du hast gar schwer zu tragen gehabt, die Menschenköpfe sind nicht so leicht, nicht so leicht.«

»Aber, Frau, was sprechet Ihr so wunderlich«, rief der Kleine. »Müde bin ich zwar, aber es waren ja Kohlköpfe, die ich getragen, Ihr habt sie meiner Mutter abgekauft.«

»Ei, das weißt du falsch«, lachte das Weib, deckte den Deckel des Korbes auf und brachte einen Menschenkopf hervor, den sie am Schopf gefaßt hatte. Der Kleine war vor Schrecken außer sich; er konnte nicht fassen, wie dies alles zuging; aber er dachte an seine Mutter; wenn jemand von diesen Menschenköpfen etwas erfahren würde, dachte er bei sich, da würde man gewiß meine Mutter dafür anklagen.

»Muß dir nun auch etwas geben zum Lohn, weil du so artig bist«, murmelte die Alte, »gedulde dich nur ein Weilchen, will dir ein Süppchen einbrocken, an das du dein Leben lang denken wirst.« So sprach sie und pfiff wieder. Da kamen zuerst viele Meerschweinchen in menschlichen Kleidern; sie hatten Küchenschürzen umgebunden und im Gürtel Rührlöffel und Tranchiermesser; nach diesen kam eine Menge Eichhörnchen hereingehüpft; sie hatten weite türkische Beinkleider an, gingen aufrecht, und auf dem Kopf trugen sie grüne Mützchen von Samt. Diese schienen die Küchenjungen zu sein; denn sie kletterten mit großer Geschwindigkeit an den Wänden hinauf und brachten Pfannen und Schüsseln, Eier und Butter, Kräuter und Mehl herab und trugen. es auf den Herd; dort aber fuhr die alte Frau auf ihren Pantoffeln von Kokosschalen beständig hin und her, und der Kleine sah, daß sie es sich recht angelegen sein lasse, ihm etwas Gutes zu kochen. Jetzt knisterte das Feuer höher empor, jetzt rauchte und sott es in der Pfanne, ein angenehmer Geruch verbreitete sich im Zimmer; die Alte aber rannte auf und ab, die Eichhörnchen und Meerschweinchen ihr nach, und so oft sie am Herde vorbeikam, guckte sie mit ihrer langen Nase in den Topf. Endlich fing es an zu sprudeln und zu zischen, Dampf stieg aus dem Topf hervor, und der Schaum floß herab ins Feuer. Da nahm sie ihn weg, goß davon in eine silberne Schale und setzte sie dem kleinen Jakob vor.

»So, Söhnchen, so«, sprach sie, »iß nur dieses Süppchen, dann hast du alles, was dir an mir so gefallen! Sollst auch ein geschickter Koch werden, daß du noch etwas bist; aber Kräutlein, nein, das Kräutlein sollst du nimmer finden – Warum hat es deine Mutter nicht in ihrem Korb gehabt?« Der Kleine verstand nicht recht, was sie sprach, desto aufmerksamer behandelte er die Suppe, die ihm ganz trefflich schmeckte. Seine Mutter hatte ihm manche schmackhafte Speise bereitet; aber so gut war ihm noch nichts geworden.

Der Duft von feinen Kräutern und Gewürzen stieg aus der Suppe auf, dabei war sie süß und säuerlich zugleich und sehr stark. Während er noch die letzten Tropfen der köstlichen Speise austrank, zündeten die Meerschweinchen arabischen Weihrauch an, der in bläulichen Wolken durch das Zimmer schwebte; dichter und immer dichter wurden diese Wolken und sanken herab, der Geruch des Weihrauchs wirkte betäubend auf den Kleinen, er mochte sich zurufen, so oft er wollte, daß er zu seiner Mutter zurückkehren müsse; wenn er sich ermannte, sank er immer wieder von neuem in den Schlummer zurück und schlief endlich wirklich auf dem Sofa des alten Weibes ein.

Sonderbare Träume kamen über ihn. Es war ihm, als ziehe ihm die Alte seine Kleider aus und umhülle ihn dafür mit einem Eichhörnchenbalg. Jetzt konnte er Sprünge machen und klettern wie ein Eichhörnchen; er ging mit den übrigen Eichhörnchen und Meerschweinchen, die sehr artige, gesittete Leute waren, um und hatte mit ihnen den Dienst bei der alten Frau. Zuerst wurde er nur zu den Diensten eines Schuhputzers gebraucht, d. h. er mußte die Kokosnüsse, welche die Frau statt der Pantoffeln trug, mit Öl salben und durch Reiben glänzend machen. Da er nun in seines Vaters Hause zu ähnlichen Geschäften oft angehalten worden war, so ging es ihm flink von der Hand; etwa nach einem Jahre, träumte er weiter, wurde er zu einem feineren Geschäft gebraucht; er mußte nämlich mit noch einigen Eichhörnchen Sonnenstäubchen fangen und, wenn sie genug hatten, solche durch das feinste Haarsieb sieben. Die Frau hielt nämlich die Sonnenstäubchen für das Allerfeinste, und weil sie nicht gut beißen konnte, denn sie hatte keinen Zahn mehr, so ließ sie sich ihr Brot aus Sonnenstäubchen zubereiten.

Wiederum nach einem Jahre wurde er zu den Dienern versetzt, die das Trinkwasser für die Alte sammelten. Man denke nicht, daß sie sich hierzu etwa eine Zisterne hätte graben lassen oder ein Faß in den Hof stellte, um das Regenwasser darin aufzufangen; da ging es viel feiner zu; die Eichhörnchen, und Jakob mit ihnen, mußten mit Haselnußschalen den Tau aus den Rosen schöpfen, und das war das Trinkwasser der Alten. Da sie nun bedeutend viel trank, so hatten die Wasserträger schwere Arbeit. Nach einem Jahr wurde er zum inneren Dienst des Hauses bestellt; er hatte nämlich das Amt, die Böden rein zu machen; da nun diese von Glas waren, worin man jeden Hauch sah, war das keine geringe Arbeit. Sie mußten sie bürsten und altes ach an die Füße schnallen und auf diesem künstlich im Zimmer umherfahren. Im vierten Jahre ward er endlich zur Küche versetzt. Es war dies ein Ehrenamt, zu welchem man nur nach langer Prüfung gelangen konnte. Jakob diente dort vom Küchenjungen aufwärts bis zum ersten Pastetenmacher und erreichte eine so ungemeine Geschicklichkeit und Erfahrung in allem, was die Küche betrifft, daß er sich oft über sich selbst wundern mußte; die schwierigsten Sachen, Pasteten von zweihunderterlei Essenzen, Kräutersuppen, von allen Kräutlein der Erde zusammengesetzt, alles lernte er, alles verstand er schnell und kräftig zu machen.

So waren etwa sieben Jahre im Dienste des alten Weibes vergangen, da befahl sie ihm eines Tages, indem sie die Kokosschuhe auszog, Korb und Krückenstock zur Hand nahm, um auszugehen, er sollte ein Hühnlein rupfen, mit Kräutern füllen und solches schön bräunlich und gelb rösten, bis sie wiederkäme. Er tat dies nach den Regeln der Kunst. Er drehte dem Hühnlein den Kragen um, brühte es in heißem Wasser, zog ihm geschickt die Federn aus, schabte ihm nachher die Haut, daß sie glatt und fein wurde, und nahm ihm die Eingeweide heraus. Sodann fing er an, die Kräuter zu sammeln, womit er das Hühnlein füllen sollte. In der Kräuterkammer gewahrte er aber diesmal ein Wandschränkchen, dessen Türe halb geöffnet war und das er sonst nie bemerkt hatte. Er ging neugierig näher, um zu sehen, was es enthalte, und siehe da, es standen viele Körbchen darinnen, von welchen ein starker, angenehmer Geruch ausging. Er öffnete eines dieser Körbchen und fand darin Kräutlein von ganz besonderer Gestalt und Farbe. Die Stengel und Blätter waren blaugrün und trugen oben eine kleine Blume von brennendem Rot, mit Gelb verbrämt; er betrachtete sinnend diese Blume, beroch sie, und sie strömte denselben starken Geruch aus, von dem einst jene Suppe, die ihm die Alte gekocht, geduftet hatte. Aber so stark war der Geruch, daß er zu niesen anfing, immer heftiger niesen mußte und – am Ende niesend erwachte.

Da lag er auf dem Sofa des alten Weibes und blickte verwundert umher. »Nein, wie man aber so lebhaft träumen kann!« sprach er zu sich, »hätte ich jetzt doch schwören wollen, daß ich ein schnödes Eichhörnchen, ein Kamerad von Meerschweinen und anderem Ungeziefer, dabei aber ein großer Koch geworden sei. Wie wird die

Mutter lachen, wenn ich ihr alles erzähle! Aber wird sie nicht auch schmälen, daß ich in einem fremden Hause einschlafe, statt ihr zu helfen auf dem Markte?« Mit diesen Gedanken raffte er sich auf, um hinwegzugehen; noch waren seine Glieder vom Schlafe ganz steif, besonders sein Nacken, denn er konnte den Kopf nicht recht hin und her bewegen; er mußte auch selbst über sich lächeln, daß er so schlaftrunken war; denn alle Augenblicke, ehe er es sich versah, stieß er mit der Nase an einen Schrank oder an die Wand oder schlug sie, wenn er sich schnell umwandte, an einen Türpfosten. Die Eichhörnchen und Meerschweinchen liefen winselnd um ihn her, als wollten sie ihn begleiten, er lud sie auch wirklich ein, als er auf der Schwelle war, denn es waren niedliche Tierchen; aber sie fuhren auf ihren Nußschalen schnell ins Haus zurück, und er hörte sie nur noch in der Ferne heulen.

Es war ein ziemlich entlegener Teil der Stadt, wohin ihn die Alte geführt hatte, und er konnte sich kaum aus den engen Gassen herausfinden, auch war dort ein großes Gedränge; denn es mußte sich, wie ihm dünkte, gerade in der Nähe ein Zwerg sehen lassen; überall hörte er rufen: »Ei, sehet den häßlichen Zwerg! Wo kommt der Zwerg her? Ei, was hat er doch für eine lange Nase, und wie ihm der Kopf in den Schultern steckt, und die braunen, häßlichen Hände!« Zu einer andern Zeit wäre er wohl auch nachgelaufen, denn er sah für sein Leben gern Riesen oder Zwerge oder seltsame fremde Trachten, aber so mußte er sich sputen, um zur Mutter zu kommen.

Es war ihm ganz ängstlich zumute, als er auf den Markt kam. Die Mutter saß noch da und hatte noch ziemlich viele Früchte im Korb, lange konnte er also nicht geschlafen haben; aber doch kam es ihm von weitem schon vor, als sei sie sehr traurig; denn sie rief die Vorübergehenden nicht an, einzukaufen, sondern hatte den Kopf in die Hand gestützt, und als er näher kam, glaubte er auch, sie sei bleicher als sonst. Er zauderte, was er tun sollte; endlich faßte er sich ein Herz, schlich sich hinter sie hin, legte traulich seine Hand auf ihren Arm und sprach: »Mütterchen, was fehlt dir? Bist du böse auf mich?«

Die Frau wandte sich um nach ihm, fuhr aber mit einem Schrei des Entsetzens zurück.

»Was willst du von mir, häßlicher Zwerg?« rief sie. »Fort, fort! Ich kann dergleichen Possenspiele nicht leiden.«

»Aber, Mutter, was hast du denn?« fragte Jakob ganz erschrocken. »Dir ist gewiß nicht wohl; warum willst du denn deinen Sohn von dir jagen?«

»Ich habe dir schon gesagt, gehe deines Weges!« entgegnete Frau Hanne zürnend. »Bei mir verdienst du kein Geld durch deine Gaukeleien, häßliche Mißgeburt!«

»Wahrhaftig, Gott hat ihr das Licht des Verstandes geraubt!« sprach der Kleine bekümmert zu sich. »Was fange ich nur an, um sie nach Haus zu bringen? Lieb Mütterchen, so sei doch nur vernünftig; sieh mich doch nur recht an; ich bin ja dein Sohn, dein Jakob.«

»Nein, jetzt wird mir der Spaß zu unverschämt«, rief Hanne ihrer Nachbarin zu, »seht nur den häßlichen Zwerg da; da steht er und vertreibt mir gewiß alle Käufer, und mit meinem Unglück wagt er zu spotten. Spricht zu mir: Ich bin ja dein Sohn, dein Jakob! Der Unverschämte!«

Da erhoben sich die Nachbarinnen und fingen an zu schimpfen, so arg sie konnten – und Marktweiber, wisset ihr wohl, verstehen es –, und schalten ihn, daß er des Unglücks der armen Hanne spotte, der vor sieben Jahren ihr bildschöner 'Knabe gestohlen worden sei, und drohten, insgesamt über ihn herzufallen und ihn zu zerkratzen, wenn er nicht alsobald ginge.

Der arme Jakob wußte nicht, was er von diesem allem denken sollte. War er doch, wie er glaubte, heute früh wie gewöhnlich mit der Mutter auf den Markt gegangen, hatte ihr die Früchte aufstellen helfen, war nachher mit dem alten Weib in ihr Haus gekommen, hatte ein Süppchen verzehrt, ein kleines Schläfchen gemacht und war jetzt wieder da, und doch sprachen die Mutter und die Nachbarinnen von sieben Jahren! Und sie nannten ihn einen garstigen Zwerg! Was war denn nun mit ihm vorgegangen? – Als er sah, daß die Mutter gar nichts mehr von ihm hören wollte, traten ihm die Tränen in die Augen, und er ging trauernd die Straße hinab nach der Bude, wo sein Vater den Tag über Schuhe flickte. »Ich will doch sehen«, dachte er bei sich, »ob er mich auch nicht kennen will, unter die Türe will ich mich stellen und mit ihm sprechen.« Als er an der Bude des Schusters angekommen war, stellte er sich unter die Türe und schaute hinein. Der Meister war so emsig mit seiner Arbeit beschäftigt, daß er ihn gar nicht sah; als er aber zufällig einen Blick nach der Türe warf, ließ er Schuhe, Draht und Pfriem auf die Erde fallen und rief mit Entsetzen: »Um Gottes willen, was ist das, was ist das!«

»Guten Abend, Meister!« sprach der Kleine, indem er vollends in den Laden trat. »Wie geht es Euch?«

»Schlecht, schlecht, kleiner Herr!« antwortete der Vater zu Jakobs großer Verwunderung; denn er schien ihn auch nicht zu kennen. »Das Geschäft will mir nicht von der Hand. Bin so allein und werde jetzt alt; doch ist mir ein Geselle zu teuer.«

»Aber habt Ihr denn kein Söhnlein, das Euch nach und nach an die Hand gehen könnte bei der Arbeit?« forschte der Kleine weiter.

»Ich hatte einen, er hieß Jakob und müßte jetzt ein schlanker, gewandter Bursche von zwanzig Jahren sein, der mir tüchtig unter die Arme greifen könnte. Ha, das müßte ein Leben sein! Schon als er zwölf Jahre alt war, zeigte er sich so anstellig und geschickt und verstand schon manches vom Handwerk, und hübsch und angenehm war er auch; der hätte mir eine Kundschaft hergelockt, daß ich bald nicht mehr geflickt, sondern nichts als Neues geliefert hätte! Aber so geht's in der Welt!«

»Wo ist denn aber Euer Sohn?« fragte Jakob mit zitternder Stimme seinen Vater.

»Das weiß Gott«, antwortete er, »vor sieben Jahren, ja, so lange ist's jetzt her, wurde er uns vom Markte weg gestohlen.« 'Vor sieben Jahren!« rief Jakob mit Entsetzen.

»Ja, kleiner Herr, vor sieben Jahren; ich weiß noch wie heute, wie mein Weib nach Hause kam, heulend und schreiend, das Kind sei den ganzen Tag nicht zurückgekommen, sie aber überall geforscht und gesucht und es nicht gefunden. Ich habe es immer gedacht und gesagt, daß es so kommen würde; er Jakob war ein schönes Kind, das muß man sagen; da war meine Frau stolz auf ihn und sah es gerne, wenn ihn die Leute lobten, und schickte ihn oft mit Gemüse und dergleichen in vornehme Häuser. Das war schon recht; er wurde allemal reichlich beschenkt; aber, sagte ich, gib acht! Die Stadt ist groß; viele schlechte Leute wohnen da, gib mir auf den Jakob acht! Und so war es, wie ich sagte. Kommt einmal ein altes, häßliches Weib auf den Markt, feilscht um Früchte und Gemüse und kauft am Ende so viel, daß sie es nicht selbst tragen kann. Mein Weib, die mitleidige Seele, gibt ihr den Jungen mit und – hat ihn zur Stunde nicht mehr gesehen.«

»Und das ist jetzt sieben Jahre, sagt Ihr?«

»Sieben Jahre wird es im Frühling. Wir ließen ihn ausrufen, wir gingen von Haus zu Haus und fragten; manche hatten den hübschen Jungen gekannt und liebgewonnen und suchten jetzt mit uns, alles vergeblich. Auch die Frau, welche das Gemüse gekauft hatte, wollte niemand kennen; aber ein steinaltes Weib, die schon neunzig Jahre gelebt hatte, sagte, es könne wohl die böse Fee Kräuterweis gewesen sein, die alle fünfzig Jahre einmal in die Stadt komme, um sich allerlei einzukaufen.«

So sprach Jakobs Vater und klopfte dabei seine Schuhe weidlich und zog den Draht mit beiden Fäusten weit hinaus. Dem Kleinen aber wurde es nach und nach klar, was mit ihm vorgegangen, daß er nämlich nicht geträumt, sondern daß er sieben Jahre bei der bösen Fee als Eichhörnchen gedient habe. Zorn und Gram erfüllten sein Herz so sehr, daß es beinahe zerspringen wollte. Sieben Jahre seiner Jugend hatte ihm die Alte gestohlen, und was hatte er für Ersatz dafür? Daß er Pantoffeln von Kokosnüssen blank putzen, daß er ein Zimmer mit gläsernem Fußboden reinmachen konnte? Daß er von den Meerschweinchen alle Geheimnisse der Küche gelernt hatte? Er stand eine gute Weile so da und dachte über sein Schicksal nach; da fragte ihn endlich sein Vater: »Ist Euch vielleicht etwas von meiner Arbeit gefällig, junger Herr? Etwa ein Paar neue Pantoffeln oder«, setzte er lächelnd hinzu, »vielleicht ein Futteral für Eure Nase?«

»Was wollt Ihr nur mit meiner Nase?« fragte Jakob, »warum sollte ich denn ein Futteral dazu brauchen?«

»Nun«, entgegnete der Schuster, »jeder nach seinem Geschmack; aber das muß ich Euch sagen, hätte ich diese schreckliche Nase, ein Futteral ließ ich mir darüber machen von rosenfarbigem Glanzleder. Schaut, da habe ich ein schönes Stückchen zur Hand; freilich würde man eine Elle wenigstens dazu brauchen. Aber wie gut wäret Ihr verwahrt, kleiner Herr; so, weiß ich gewiß, stoßt Ihr Euch an jedem Türpfosten, an jedem Wagen, dem Ihr ausweichen wollet.«

Der Kleine stand stumm vor Schrecken; er belastete seine Nase, sie war dick und wohl zwei Hände lang! So hatte also die Alte auch seine Gestalt verwandelt! Darum kannte ihn also die Mutter nicht? Darum schalt man ihn einen häßlichen Zwerg?! »Meister!« sprach er halb weinend zu dem Schuster, »habt Ihr keinen Spiegel bei der Hand, worin ich mich beschauen könnte?«

»Junger Herr«, erwiderte der Vater mit Ernst, »Ihr habt nicht gerade eine Gestalt empfangen, die Euch eitel machen könnte, und Ihr habt nicht Ursache, alle Stunden in den Spiegel zu gucken. Gewöhnt es Euch ab, es ist besonders bei Euch eine lächerliche Gewohnheit.«

»Ach, so laßt mich doch in den Spiegel schauen«, rief der Kleine, »gewiß, es ist nicht aus Eitelkeit!«

»Lasset mich in Ruhe, ich hab' keinen im Vermögen; meine Frau hat ein Spiegelchen, ich weiß aber nicht, wo sie es verborgen. Müßt Ihr aber durchaus in den Spiegel gucken, nun, über der Straße hin wohnt Urban, der Barbier, der hat einen Spiegel, zweimal so groß als Euer Kopf; gucket dort hinein, und indessen guten Morgen!«

Mit diesen Worten schob ihn der Vater ganz gelinde zur Bude hinaus, schloß die Tür hinter ihm zu und setzte sich wieder zur Arbeit. Der Kleine aber ging sehr niedergeschlagen über die Straße zu Urban, dem Barbier, den er noch aus früheren Zeiten wohl kannte. »Guten Morgen, Urban«, sprach er zu ihm, »ich komme, Euch um eine Gefälligkeit zu bitten; seid so gut und lasset mich ein wenig in Euren Spiegel schauen!«

»Mit Vergnügen, dort steht er«, rief der Barbier lachend, und seine Kunden, denen er den Bart scheren sollte, lachten weidlich mit. »Ihr seid ein hübsches Bürschchen, schlank und fein, ein Hälschen wie ein Schwan, Händchen wie eine Königin, und ein Stumpfnäschen, man kann es nicht schöner sehen. Ein wenig eitel seid Ihr darauf, das ist wahr; aber beschauet Euch immer! Man soll nicht von mir sagen, ich habe Euch aus Neid nicht in meinen Spiegel schauen lassen.«

So sprach der Barbier, und wieherndes Gelächter fällte die Bader-
stube. Der Kleine aber war indes vor den Spiegel getreten und hatte
sich beschaut. Tränen traten ihm in die Augen. »Ja, so konntest du
freilich deinen Jakob nicht wiedererkennen, liebe Mutter«, sprach er
zu sich, »so war er nicht anzuschauen in den Tagen der Freude, wo
du gerne mit ihm prangtest vor den Leuten!« Seine Augen waren
klein geworden wie die der Schweine, seine Nase war ungeheuer
und hing über Mund und Kinn herunter, der Hals schien gänzlich
weggenommen worden zu sein; denn sein Kopf stak tief in den
Schultern, und nur mit den größten Schmerzen konnte er ihn rechts
und links bewegen. Sein Körper war noch so groß als vor sieben
Jahren, da er zwölf Jahre alt war; aber wenn andere vom zwölften
bis ins zwanzigste in die Höhe wachsen, so wuchs er in die Breite,
der Rücken und die Brust waren weit ausgebogen und waren anzu-
sehen wie ein kleiner, aber sehr dick gefällter Sack; dieser dicke
Oberleib saß auf kleinen, schwachen Beinchen, die dieser Last nicht
gewachsen schienen, aber um so größer waren die Arme, die ihm
am Leib herabhingen, sie hatten die Größe wie die eines wohlge-
wachsenen Mannes, seine Hände waren grob und braungelb, seine
Finger lang und spinnenartig, und wenn er sie recht ausstreckte,
konnte er damit auf den Boden reichen, ohne daß er sich bückte. So
sah er aus, der kleine Jakob, zum mißgestalteten Zwerg war er geworden.

Jetzt gedachte er auch jenes Morgens, an welchem das alte Weib
an die Körbe seiner Mutter getreten war. Alles, was er damals an ihr
getadelt hatte, die lange Nase, die häßlichen Finger, alles hatte sie
ihm angetan, und nur den langen, zitternden Hals hatte sie gänzlich
weggelassen.

»Nun, habt Ihr Euch jetzt genug beschaut, mein Prinz?« sagte der
Barbier, indem er zu ihm trat und ihn lachend betrachtete. »Wahrlich, wenn man sich dergleichen träumen lassen wollte, so komisch
könnte es einem im Traume nicht vorkommen. Doch ich will Euch
einen Vorschlag machen, kleiner Mann. Mein Barbierzimmer ist
zwar sehr besucht, aber doch seit neuerer Zeit nicht so, wie ich
wünsche. Das kommt daher, weil mein Nachbar, der Barbier
Schaum, irgendwo einen Riesen aufgefunden hat, der ihm die Kunden ins Haus lockt. Nun, ein Riese zu werden, ist gerade keine
Kunst, aber so ein Männchen wie Ihr, ja, das ist schon ein ander

Ding. Tretet bei mir in Dienste, kleiner Mann, Ihr sollt Wohnung, Essen, Trinken, Kleider, alles sollt Ihr haben; dafür stellt Ihr Euch morgens unter meine Türe und ladet die Leute ein, hereinzukommen. Ihr schlaget den Seifenschaum, reichet den Kunden das Handtuch und seid versichert, wir stehen uns beide gut dabei; ich bekomme mehr Kunden als jener mit dem Riesen, und jeder gibt Euch gerne noch ein Trinkgeld.«

Der Kleine war in seinem Innern empört über den Vorschlag, als Lockvogel für einen Barbier zu dienen. Aber mußte er sich nicht diesen Schimpf geduldig gefallen lassen? Er sagte dem Barbier daher ganz ruhig, daß er nicht Zeit habe zu dergleichen Diensten, und ging weiter.

Hatte das böse alte Weib seine Gestalt unterdrückt, so hatte sie doch seinem Geist nichts anhaben können, das fühlte er wohl; denn er dachte und fühlte nicht mehr, wie er vor sieben Jahren getan; nein, er glaubte in diesem Zeitraum weiser, verständiger geworden zu sein; er trauerte nicht um seine verlorene Schönheit, nicht über diese häßliche Gestalt, sondern nur darüber, daß er wie ein Hund von der Türe seines Vaters gejagt werde. Darum beschloß er, noch einen Versuch bei seiner Mutter zu machen.

Er trat zu ihr auf den Markt und bat sie, ihm ruhig zuzuhören. Er erinnerte sie an jenen Tag, an welchem er mit dem alten Weibe gegangen, er erinnerte sie an alle einzelnen Vorfälle seiner Kindheit, erzählte ihr dann, wie er sieben Jahre als Eichhörnchen gedient habe bei der Fee und wie sie ihn verwandelte, weil sie ihn damals getadelt. Die Frau des Schusters wußte nicht, was sie denken sollte. Alles traf zu, was er ihr von seiner Kindheit erzählte, aber wenn er davon sprach, daß er sieben Jahre lang ein Eichhörnchen gewesen sei, da sprach sie: »Es ist unmöglich, und es gibt keine Feen«, und wenn sie ihn ansah, so verabscheute sie den häßlichen Zwerg und glaubte nicht, daß dies ihr Sohn sein könne. Endlich hielt sie es fürs beste, mit ihrem Manne darüber zu sprechen. Sie raffte also ihre Körbe zusammen und hieß ihn mitgehen. So kamen sie zu der Bude des Schusters.

»Sieh einmal«, sprach sie zu diesem, »der Mensch da will unser verlorner Jakob sein. Er hat mir alles erzählt, wie er uns vor sieben

Jahren gestohlen wurde und wie er von einer Fee verzaubert worden sei.«

»So?« unterbrach sie der Schuster mit Zorn, »hat er dir dies erzählt? Warte, du Range! Ich habe ihm alles erzählt noch vor einer Stunde, und jetzt geht er hin, dich so zu foppen! Verzaubert bist du worden, mein Söhnchen? Warte doch, ich will dich wieder entzaubern.« Dabei nahm er ein Bündel Riemen, die er eben zugeschnitten hatte, sprang auf den Kleinen zu und schlug ihn auf den hohen Rücken und auf die langen Arme, daß der Kleine vor Schmerz aufschrie und weinend davonlief.

In jener Stadt gibt es, wie überall, wenige mitleidige Seelen, die einen Unglücklichen, der zugleich etwas Lächerliches an sich trägt, unterstützen. Daher kam es, daß der unglückliche Zwerg den ganzen Tag ohne Speise und Trank blieb und abends die Treppen einer Kirche, so hart und kalt sie waren, zum Nachtlager wählen mußte.

Als ihn aber am nächsten Morgen die ersten Strahlen der Sonne erweckten, da dachte er ernstlich darüber nach, wie er sein Leben fristen könne, da ihn Vater und Mutter verstoßen. Er fühlte sich zu stolz, um als Aushängeschild eines Barbiers zu dienen, er wollte nicht zu einem Possenreißer sich verdingen und sich um Geld sehen lassen. Was sollte er anfangen? Da fiel ihm mit einemmal bei, daß er als Eichhörnchen große Fortschritte in der Kochkunst gemacht habe; er glaubte nicht mit Unrecht, hoffen zu dürfen, daß er es mit manchem Koch aufnehmen könne; er beschloß, seine Kunst zu benützen.

Sobald es daher lebhafter wurde auf den Straßen und der Morgen ganz heraufgekommen war, trat er zuerst in die Kirche und verrichtete sein Gebet. Dann trat er seinen Weg an. Der Herzog, der Herr des Landes, o Herr, war ein bekannter Schlemmer und Lecker, der eine gute Tafel liebte und seine Köche in allen Weltteilen aufsuchte. Zu seinem Palast begab sich der Kleine. Als er an die äußerste Pforte kam, fragten die Türhüter nach seinem Begehr und hatten ihren Spott mit ihm; er aber verlangte nach dem Oberküchenmeister. Sie lachten und führten ihn durch die Vorhöfe, und wo er hinkam, blieben die Diener stehen, schauten nach ihm, lachten weidlich und schlossen sich an, so daß nach und nach ein ungeheurer Zug von Dienern aller Art sich die Treppe des Palastes hinaufbewegte; die

Stallknechte warfen ihre Striegel weg, die Läufer liefen, was sie konnten, die Teppichbreiter vergaßen, die Teppiche auszuklopfen, alles drängte und trieb sich, es war ein Gefühl, als sei der Feind vor den Toren, und das Geschrei: »Ein Zwerg, ein Zwerg! Habt ihr den Zwerg gesehen?« fällte die Lüfte.

Da erschien der Aufseher des Hauses mit grimmigem Gesicht, eine ungeheure Peitsche in der Hand, in der Türe. »Um des Himmels willen, ihr Hunde, was macht ihr solchen Lärm! Wisset ihr nicht, daß der Herr noch schläft?« Und dabei schwang er die Geißel und ließ sie unsanft auf den Rücken einiger Stallknechte und Türhalter niederfallen.

»Ach, Herr!« riefen sie, »seht Ihr denn nicht? Da bringen wir einen Zwerg, einen Zwerg, wie Ihr noch keinen gesehen.«

Der Aufseher des Palastes zwang sich mit Mühe, nicht laut aufzulachen, als er des Kleinen ansichtig wurde; denn er fürchtete, durch Lachen seiner Würde zu schaden. Er trieb daher mit der Peitsche die übrigen hinweg, führte den Kleinen ins Haus und fragte nach seinem Begehr. Als er hörte, jener wolle zum Küchenmeister, erwiderte er – »Du irrst dich, mein Söhnchen; zu mir, dem Aufseher des Hauses, willst du; du willst Leibzwerg werden beim Herzog; ist es nicht also?«

»Nein, Herr!« antwortete der Zwerg. »Ich bin ein geschickter Koch und erfahren in allerlei seltenen Speisen; wollet mich zum Oberküchenmeister bringen; vielleicht kann er meine Kunst brauchen.«

»Jeder nach seinem Willen, kleiner Mann; übrigens bist du doch ein unbesonnener Junge. In die Küche! Als Leibzwerg hättest du keine Arbeit gehabt und Essen und Trinken nach Herzenslust und schöne Kleider. Doch, wir wollen sehen, deine Kochkunst wird schwerlich so weit reichen, als ein Mundkoch des Herren nötig hat, und zum Küchenjungen bist du zu gut.« Bei diesen Worten nahm ihn der Aufseher des Palastes bei der Hand und führte ihn in die Gemächer des Oberküchenmeisters.

»Gnädiger Herr«, sprach dort der Zwerg und verbeugte sich so tief, daß er mit der Nase den Fußteppich berührte, »brauchet Ihr keinen geschickten Koch?«

Der Oberküchenmeister betrachtete ihn vom Kopf bis zu den Füßen, brach dann in lautes Lachen aus und sprach: »Wie?« rief er, »du ein Koch? Meinst du, unsere Herde seien so niedrig, daß du nur auf einen hinaufschauen kannst, wenn du dich auch auf die Zehen stellst und den Kopf recht aus den Schultern herausarbeitest? O lieber Kleiner! Wer dich zu mir geschickt hat, um dich als Koch zu verdingen, der hat dich zum Narren gehabt.« So sprach der Oberküchenmeister und lachte weidlich, und mit ihm lachten der Aufseher des Palastes und alle Diener, die im Zimmer waren.

Der Zwerg aber ließ sich nicht aus der Fassung bringen. »Was liegt an einem Ei oder zweien, an ein wenig Sirup und Wein, an Mehl und Gewürze in einem Hause, wo man dessen genug hat?« sprach er. »Gebet mir irgendeine leckerhafte Speise zu bereiten auf, schaffet mir, was ich dazu brauche, und sie soll vor Euren Augen schnell bereitet sein, und Ihr sollet sagen müssen, er ist ein Koch nach Regel und Recht.« Solche und ähnliche Reden führte der Kleine, und es war wunderlich anzuschauen, wie es dabei aus seinen kleinen Äuglein hervorblitzte, wie seine lange Nase sich hin und her schlängelte und seine dünnen Spinnenfinger seine Rede begleiteten.

»Wohlan!« rief der Küchenmeister und nahm den Aufseher des Palastes unter dem Arme, »wohlan, es sei um des Spaßes willen; lasset uns zur Küche gehen!« Sie gingen durch mehrere Säle und Gänge und kamen endlich in die Küche. Es war dies ein großes, weitläufiges Gebäude, herrlich eingerichtet; auf zwanzig Herden brannten beständig Feuer; ein klares Wasser, das zugleich zum Fischbehälter diente, floß mitten durch sie, in Schränken von Marmor und köstlichem Holz waren die Vorräte aufgestellt, die man immer zur Hand haben mußte, und zur Rechten und Linken waren zehn Säle, in welchen alles aufgespeichert war, was man in allen Ländern von Frankistan und selbst im Morgenlande Köstliches und Leckeres für den Gaumen erfunden. Küchenbedienstete aller Art liefen umher und rasselten und hantierten mit Kesseln und Pfannen, mit Gabeln und Schaumlöffeln; als aber der Oberküchenmeister in die Küche eintrat, blieben sie alle regungslos stehen, und nur das Feuer hörte man noch knistern und das Bächlein rieseln. »Was hat der Herr heute zum Frühstück befohlen?« fragte der Meister den ersten Frühstücksmacher, einen alten Koch. »Herr, die dänische Suppe hat er geruht zu befehlen und rote Hamburger Klößchen.«

»Gut«, sprach der Küchenmeister weiter, »hast du gehört, was der Herr speisen will? Getraust du dich, diese schwierigen Speisen zu bereiten? Die Klößchen bringst du auf keinen Fall heraus, das ist ein Geheimnis.«

»Nichts leichter als dies«, erwiderte zu allgemeinem Erstaunen der Zwerg; denn er hatte diese Speisen als Eichhörnchen oft gemacht; »nichts leichter! Man gebe mir zu der Suppe die und die Kräuter, dies und jenes Gewürz, Fett von einem wilden Schwein, Wurzeln und Eier; zu den Klößchen aber«, sprach er leiser, daß es nur der Küchenmeister und der Frühstücksmacher hören konnten, »zu den Klößchen brauche ich viererlei Fleisch, etwas Wein, Entenschmalz, Ingwer und ein gewisses Kraut, das man Magentrost heißt.«

»Ha! Bei St. Benedikt! Bei welchem Zauberer hast du gelernt?« rief der Koch mit Staunen. »Alles bis auf ein Haar hat er gesagt, und das Kräutlein Magentrost haben wir selbst nicht gewußt; ja, das muß es noch angenehmer machen. O du Wunder von einem Koch!«

»Das hätte ich nicht gedacht«, sagte der Oberküchenmeister, »doch lassen wir ihn die Probe machen; gebt ihm die Sachen, die er verlangt, Geschirr und alles, und lasset ihn das Frühstück bereiten.«

Man tat, wie er befohlen, und rüstete alles auf dem Herde zu; aber da fand es sich, daß der Zwerg kaum mit der Nase bis an den Herd reichen konnte. Man setzte daher ein paar Stühle zusammen, legte eine Marmorplatte darüber und lud den kleinen Wundermann ein, sein Kunststück zu beginnen. In einem großen Kreise standen die Köche, Küchenjungen, Diener und allerlei Volk umher und sahen zu und staunten, wie ihm alles so flink und fertig von der Hand ging, wie er alles so reinlich und niedlich bereitete. Als er mit der Zubereitung fertig war, befahl er, beide Schüsseln ans Feuer zu setzen und genau so lange kochen zu lassen, bis er rufen werde; dann fing er an zu zählen, eins, zwei drei und so fort, und gerade als er fünfhundert gezählt hatte, rief er: »Halt!« Die Töpfe wurden weggesetzt, und der Kleine lud den Küchenmeister ein, zu kosten.

Der Mundkoch ließ sich von einem Küchenjungen einen goldenen Löffel reichen, spülte ihn im Bach und überreichte ihn dem Oberküchenmeister. Dieser trat mit feierlicher Miene an den Herd, nahm von den Speisen, kostete, drückte die Augen zu, schnalzte vor Vergnügen mit der Zunge und sprach dann: »Köstlich, bei des Herzogs Leben, köstlich! Wollet Ihr nicht auch ein Löffelchen zu Euch nehmen, Aufseher des Palastes?«

Dieser verbeugte sich, nahm den Löffel, versuchte und war vor Vergnügen und Lust außer sich. »Eure Kunst in Ehren, lieber Frühstücksmacher, Ihr seid ein erfahrener Koch; aber so herrlich habt Ihr weder die Suppe noch die Hamburger Klöße machen können!«

Auch der Koch kostete jetzt, schüttelte dann dem Zwerg ehrfurchtsvoll die Hand und sagte: »Kleiner! Du bist Meister in der Kunst, ja, das Kräutlein Magentrost, das gibt allem einen ganz eigenen Reiz.«

In diesem Augenblick kam der Kammerdiener des Herzogs in die Küche und berichtete, daß der Herr das Frühstück verlange. Die Speisen wurden nun auf silberne Platten gelegt und dem Herzog zugeschickt; der Oberküchenmeister aber nahm den Kleinen in sein Zimmer und unterhielt sich mit ihm. Kaum waren sie aber halb so lange da, als man ein Paternoster spricht (es ist dies das Gebet der Franken, o Herr, und dauert nicht halb so lange als das Gebet der Gläubigen), so kam schon ein Bote und rief den Oberküchenmeister zum Herrn. Er kleidete sich schnell in sein Festkleid und folgte dem Boten.

Der Herzog sah sehr vergnügt aus. Er hatte alles aufgezehrt, was auf den silbernen Platten gewesen war, und wischte sich eben den Bart ab, als der Oberküchenmeister zu ihm eintrat. »Höre, Küchenmeister«, sprach er, »ich bin mit deinen Köchen bisher immer sehr zufrieden gewesen; aber sage mir, wer hat heute mein Frühstück bereitet? So köstlich war es nie, seit ich auf dem Thron meiner Väter sitze; sage an, wie er heißt, der Koch, daß wir ihm einige Dukaten zum Geschenk schicken.«

»Herr, das ist eine wunderbare Geschichte«, antwortete der Oberküchenmeister und erzählte, wie man ihm heute früh einen Zwerg gebracht, der durchaus Koch werden wollte und wie sich dies alles begeben. Der Herzog verwunderte sich höchlich, ließ den

Zwerg vor sich rufen und fragte ihn aus, wer er sei und woher er komme. Da konnte nun der arme Jakob freilich nicht sagen, daß er verzaubert worden sei und früher als Eichhörnchen gedient habe; doch blieb er bei der Wahrheit, indem er erzählte, er sei jetzt ohne Vater und Mutter und habe bei einer alten Frau kochen gelernt. Der Herzog fragte nicht weiter, sondern ergötzte sich an der sonderbaren Gestalt seines neuen Kochs.

»Willst du bei mir bleiben«, sprach er, »so will ich dir jährlich fünfzig Dukaten, ein Festkleid und noch überdies zwei Paar Beinkleider reichen lassen. Dafür mußt du aber täglich mein Frühstück selbst bereiten, mußt angeben, wie das Mittagessen gemacht werden soll, und Oberhaupt dich meiner Küche annehmen. Da jeder in meinem Palast seinen eigenen Namen von mir empfängt, so sollst du Nase heißen und die Würde eines Unterküchenmeisters bekleiden.«

Der Zwerg Nase fiel nieder vor dem mächtigen Herzog in Frankenland, küßte ihm die Füße und versprach, ihm treu zu dienen.

So war nun der Kleine fürs erste versorgt, und er machte seinem Amt Ehre. Denn man kann sagen, daß der Herzog ein ganz anderer Mann war, während der Zwerg Nase sich in seinem Hause aufhielt. Sonst hatte es ihm oft beliebt, die Schüsseln oder Platten, die man ihm auftrug, den Köchen an den Kopf zu werfen; ja, dem Oberküchenmeister selbst warf er im Zorn einmal einen gebackenen Kalbsfuß, der nicht weich genug geworden war, so heftig an die Stirne, daß er umfiel und drei Tage zu Bett liegen mußte. Der Herzog machte zwar, was er im Zorn getan, durch einige Hände voll Dukaten wieder gut, aber dennoch war nie ein Koch ohne Zittern und Zagen mit den Speisen zu ihm gekommen. Seit der Zwerg im Hause war, schien alles wie durch Zauber umgewandelt. Der Herr aß jetzt statt dreimal des Tages fünfmal, um sich an der Kunst seines kleinsten Dieners recht zu laben, und dennoch verzog er nie eine Miene zum Unmut. Nein, er fand alles neu, trefflich, war leutselig und angenehm und wurde von Tag zu Tag fetter.

Oft ließ er mitten unter der Tafel den Küchenmeister und den Zwerg Nase rufen, setzte den einen rechts, den anderen links zu sich und schob ihnen mit seinen eigenen Fingern einige Bissen der köstlichsten Speisen in den Mund, eine Gnade, welche sie beide wohl zu schätzen wußten.

Der Zwerg war das Wunder der Stadt. Man erbat sich flehentlich Erlaubnis vom Oberküchenmeister, den Zwerg kochen zu sehen, und einige der vornehmsten Männer hatten es so weit gebracht beim Herzog, daß ihre Diener in der Küche beim Zwerg Unterrichtsstunden genießen durften, was nicht wenig Geld eintrug; denn jeder zahlte täglich einen halben Dukaten. Und um die übrigen Köche bei guter Laune zu erhalten und sie nicht neidisch auf ihn zu machen, überließ ihnen Nase dieses Geld, das die Herren für den Unterricht ihrer Köche zahlen mußten.

So lebte Nase beinahe zwei Jahre in äußerlichem Wohlleben und Ehre, und nur der Gedanke an seine Eltern betrübte ihn; so lebte er, ohne etwas Merkwürdiges zu erfahren, bis sich folgender Vorfall ereignete. Der Zwerg Nase war besonders geschickt und glücklich in seinen Einkäufen. Daher ging er, so oft es ihm die Zeit erlaubte, immer selbst auf den Markt, um Geflügel und Früchte einzukaufen. Eines Morgens ging er auch auf den Gänsemarkt und forschte nach schweren, fetten Gänsen, wie sie der Herr liebte. Er war musternd schon einigemal auf und ab gegangen. Seine Gestalt, weit entfernt, hier Lachen und Spott zu erregen, gebot Ehrfurcht; denn man erkannte ihn als den berühmten Mundkoch des Herzogs, und jede Gänsefrau fühlte sich glücklich, wenn er ihr die Nase zuwandte.

Da sah er ganz am Ende einer Reihe in einer Ecke eine Frau sitzen, die auch Gänse feil hatte, aber nicht wie die übrigen ihre Ware anpries; zu dieser trat er und maß und wog ihre Gänse. Sie waren, wie er sie wünschte, und er kaufte drei samt dem Käfig, lud sie auf seine breiten Schultern und trat den Rückweg an. Da kam es ihm sonderbar vor, daß nur zwei von diesen Gänsen schnatterten und schrien, wie rechte Gänse zu tun pflegen, die dritte aber ganz still und in sich gekehrt dasaß und Seufzer ausstieß und ächzte wie ein Mensch – »Die ist halbkrank«, sprach er vor sich hin, »ich muß eilen, daß ich sie umbringe und zurichte.« Aber die Gans antwortete ganz deutlich und laut:

»Stichst du mich, So beiß' ich dich. Drückst du mir die Kehle ab, Bring' ich dich ins frühe Grab.«

Ganz erschrocken setzte der Zwerg Nase seinen Käfig nieder, und die Gans sah ihn mit schönen, klugen Augen an und seufzte.

»Ei der Tausend!« rief Nase. »Sie kann sprechen, Jungfer Gans? Das hätte ich nicht gedacht. Na, sei Sie nur nicht ängstlich! Man weiß zu leben und wird einem so seltenen Vogel nicht zu Leibe gehen. Aber ich wollte wetten, Sie ist nicht von jeher in diesen Federn gewesen. War ich ja selbst einmal ein schnödes Eichhörnchen.«

»Du hast recht«, erwiderte die Gans, »wenn du sagst, ich sei nicht in dieser schmachvollen Hülle geboren worden. Ach, an meiner Wiege wurde es mir nicht gesungen, daß Mimi, des großen Wetterbocks Tochter, in der Küche eines Herzogs getötet werden soll!«

»Sei Sie doch ruhig, liebe Jungfer Mimi«, tröstete der Zwerg. »So wahr ich ein ehrlicher Kerl und Unterküchenmeister Seiner Durchlaucht bin, es soll Ihr keiner an die Kehle. Ich will Ihr in meinen eigenen Gemächern einen Stall anweisen, Futter soll Sie genug haben, und meine freie Zeit werde ich Ihrer Unterhaltung widmen; den übrigen Küchenmenschen werde ich sagen, daß ich eine Gans mit allerlei besonderen Kräutern für den Herzog mäste, und sobald sich Gelegenheit findet, setze ich Sie in Freiheit.«

Die Gans dankte ihm mit Tränen; der Zwerg aber tat, wie er versprochen, schlachtete die zwei anderen Gänse, für Mimi aber baute er einen eigenen Stall unter dem Vorwande, sie für den Herzog ganz besonders zuzurichten. Er gab ihr auch kein gewöhnliches Gänsefutter, sondern versah sie mit Backwerk und süßen Speisen.

So oft er freie Zeit hatte, ging er hin, sich mit ihr zu unterhalten und sie zu trösten. Sie erzählten sich auch gegenseitig ihre Geschichten, und Nase erfuhr auf diesem Wege, daß die Gans eine Tochter des Zauberers Wetterbock sei, der auf der Insel Gotland lebe. Er sei in Streit geraten mit einer alten Fee, die ihn durch Ränke und List überwunden und sie zur Rache in eine Gans verwandelt und weit hinweg bis hierher gebracht habe. Als der Zwerg Nase ihr seine Geschichte ebenfalls erzählt hatte, sprach sie: »Ich bin nicht unerfahren in diesen Sachen. Mein Vater hat mir und meinen Schwestern einige Anleitung gegeben, so viel er nämlich davon mitteilen durfte. Die Geschichte mit dem Streit am Kräuterkorb, deine plötzliche Verwandlung, als du an jenem Kräutlein rochst, auch einige Worte der Alten, die du mir sagtest, beweisen mir, daß du auf Kräuter verzaubert bist, das heißt, wenn du das Kraut auffindest, das sich die Fee bei deiner Verzauberung gedacht hat, so kannst du erlöst werden.« Es war dies ein geringer Trost für den Kleinen; denn wo sollte er das Kraut auffinden? Doch dankte er ihr und schöpfte einige Hoffnung.

Um diese Zeit bekam der Herzog einen Besuch von einem benachbarten Fürsten, seinem Freunde. Er ließ daher seinen Zwerg Nase vor sich kommen und sprach zu ihm: »Jetzt ist die Zeit gekommen, wo du mir zeigen mußt, ob du mir treu dienst und Meister deiner Kunst bist. Dieser Fürst, der bei mir zu Besuch ist, speist bekanntlich außer mir am besten und ist ein großer Kenner einer feinen Küche und ein weiser Mann. Sorge nun dafür, daß meine Tafel täglich also besorgt werde, daß er immer mehr in Erstaunen gerät. Dabei darfst du, bei meiner Ungnade, so lange er da ist, keine Speise zweimal bringen. Dafür kannst du dir von meinem Schatzmeister alles reichen lassen, was du nur brauchst. Und wenn du Gold und Diamanten in Schmalz baden mußt so tu es! ich will lieber ein armer Mann werden, als erröten vor ihm.«

So sprach der Herzog! Der Zwerg aber sagte, indem er sich anständig verbeugte: »Es sei, wie du sagst, o Herr! So es Gott der gefällt, werde ich alles so machen, daß es diesem Fürsten der Gutschmecker wohlgefällt.«

Der kleine Koch suchte nun seine ganze Kunst hervor. Er schonte die Schätze seines Herrn nicht, noch weniger aber sich selbst. Denn man sah ihn den ganzen Tag in eine Wolke von Rauch und Feuer eingehüllt, und seine Stimme hallte beständig durch das Gewölbe der Küche; denn er befahl als Herrscher den Küchenjungen und niederen Köchen. Herr! Ich könnte es machen wie die Kameltreiber von Aleppo, wenn sie in ihren Geschichten, die sie den Reisenden erzählen, die Menschen herrlich speisen lassen. Sie führen eine ganze Stunde lang alle die Gerichte an, die aufgetragen worden sind, und erwecken dadurch große Sehnsucht und noch größeren Hunger in ihren Zuhörern, so daß diese unwillkürlich die Vorräte öffnen und eine Mahlzeit halten und den Kameltreibern reichlich mitteilen; doch ich nicht also.

Der fremde Fürst war schon vierzehn Tage beim Herzog und lebte herrlich und in Freuden. Sie speisten des Tages nicht weniger als fünfmal, und der Herzog war zufrieden mit der Kunst des Zwerges; denn er sah Zufriedenheit auf der Stirne seines Gastes. Am fünfzehnten Tage aber begab es sich, daß der Herzog den Zwerg zur Tafel rufen ließ, ihn seinem Gast, dem Fürsten, vorstellte und diesen fragte, wie er mit dem Zwerg zufrieden sei.

»Du bist ein wunderbarer Koch«, antwortete der fremde Fürst, »und weißt, was anständig essen heißt. Du hast in der ganzen Zeit, da ich hier bin, nicht eine einzige Speise wiederholt und alles trefflich bereitet. Aber sage mir doch, warum bringst du so lange nicht die Königin der Speisen, die Pastete Souzeraine?«

Der Zwerg war sehr erschrocken; denn er hatte von dieser Pastetenkönigin nie gehört; doch faßte er sich und antwortete: »O Herr! Noch lange, hoffte ich, sollte dein Angesicht leuchten an diesem Hoflager, darum wartete ich mit dieser Speise; denn womit sollte dich denn der Koch begrüßen am Tage des Scheidens als mit der Königin der Pasteten?«

»So?« entgegnete der Herzog lachend. »Und bei mir wolltest du wohl warten bis an meinen Tod, um mich dann noch zu begrüßen? Denn auch mir hast du die Pastete noch nie vorgesetzt. Doch denke auf einen anderen Scheidegruß; denn morgen mußt du die Pastete auf die Tafel setzen.«

»Es sei, wie du sagst, Herr!« antwortete der Zwerg und ging. Aber er ging nicht vergnügt; denn der Tag seiner Schande und seines Unglücks war gekommen. Er wußte nicht, wie er die Pastete machen sollte. Er ging daher in seine Kammer und weinte über sein Schicksal.

Da trat die Gans Mimi, die in seinem Gemach umhergehen durfte, zu ihm und fragte ihn nach der Ursache seines Jammers. »Stille deine Tränen«, antwortete sie, als sie von der Pastete Souzeraine gehört, »dieses Gericht kam oft auf meines Vaters Tisch, und ich weiß ungefähr, was man dazu braucht; du nimmst dies und jenes, so und so viel, und wenn es auch nicht durchaus alles ist, was eigentlich dazu nötig, die Herren werden keinen so feinen Geschmack haben.« So sprach Mimi. Der Zwerg aber sprang auf vor Freuden, segnete den Tag, an welchem er die Gans gekauft hatte, und schickte sich an, die Königin der Pasteten zuzurichten. Er machte zuerst einen kleinen Versuch, und siehe, es schmeckte trefflich, und der Oberküchenmeister, dem er davon zu kosten gab, pries aufs neue seine ausgebreitete Kunst.

Den anderen Tag setzte er die Pastete in größerer Form auf und schickte sie warm, wie sie aus dem Ofen kam, nachdem er sie mit Blumenkränzen geschmeckt hatte, auf die Tafel. Er selbst aber zog sein bestes Festkleid an und ging in den Speisesaal. Als er eintrat, war der Obervorschneider gerade damit beschäftigt, die Pastete zu zerschneiden und auf einem silbernen Schäufelein dem Herzog und seinem Gaste hinzureichen. Der Herzog tat einen tüchtigen Biß hinein, schlug die Augen auf zur Decke und sprach, nachdem er geschluckt hatte: »Ah, ah, ah! Mit Recht nennt man dies die Königin der Pasteten; aber mein Zwerg ist auch der König aller Köche! Nicht also, lieber Freund?«

Der Gast nahm einige kleine Bissen zu sich, kostete und prüfte aufmerksam und lächelte dabei höhnisch und geheimnisvoll. »Das Ding ist recht artig gemacht«, antwortete er, indem er den Teller hinwegrückte, »aber die Souzeraine ist es denn doch nicht ganz; das habe ich mir wohl gedacht.«

Da runzelte der Herzog vor Unmut die Stirne und errötete vor Beschämung. »Hund von einem Zwerg!« rief er, »wie wagst du es, deinem Herrn dies anzutun? Soll ich dir deinen großen Kopf abhacken lassen zur Strafe für deine schlechte Kocherei?«

»Ach, Herr! Um des Himmels willen, ich habe das Gericht doch zubereitet nach den Regeln der Kunst, es kann gewiß nichts fehlen!« so sprach der Zwerg und zitterte.

»Es ist eine Lüge, du Bube!« erwiderte der Herzog und stieß ihn mit dem Fuße von sich. »Mein Gast würde sonst nicht sagen, es fehlt etwas. Dich selbst will ich zerhacken und backen lassen in eine Pastete!«

»Habt Mitleiden!« rief der Kleine und rutschte auf den Knien zu dem Gast, dessen Füße er umfaßte. »Saget, was fehlt in dieser Speise, daß sie Eurem Gaumen nicht zusagt? Lasset mich nicht sterben wegen einer Handvoll Fleisch und Mehl.«

»Das wird dir wenig helfen, mein lieber Nase«, antwortete der Fremde mit Lachen, »das habe ich mir schon gestern gedacht, daß du diese Speise nicht machen kannst wie mein Koch . Wisse, es fehlt ein Kräutlein, das man hierzulande gar nicht kennt, das Kraut Niesmitlust; ohne dieses bleibt die Pastete ohne Würze, und dein Herr wird sie nie essen wie ich.«

Da geriet der Herrscher in Frankistan in Wut. »Und doch werde ich sie essen«, rief er mit funkelnden Augen, »denn ich schwöre bei meiner fürstlichen Ehre: Entweder zeige ich Euch morgen die Pastete, wie Ihr sie verlangt – oder den Kopf dieses Burschen, aufgespießt auf dem Tor meines Palastes. Gehe, du Hund, noch einmal gebe ich dir vierundzwanzig Stunden Zeit.«

So rief der Herzog; der Zwerg aber ging wieder weinend in sein Kämmerlein und klagte der Gans sein Schicksal und daß er sterben müsse; denn von dem Kraut habe er nie gehört . »Ist es nur dies«, sprach sie, »da kann ich dir schon helfen; denn mein Vater lehrte mich alle Kräuter kennen. Wohl wärest du vielleicht zu einer anderen Zeit des Todes gewesen; aber glücklicherweise ist es gerade Neumond, und um diese Zeit blüht das Kräutlein. Doch, sage an, sind alte Kastanienbäume in der Nähe des Palastes?«

»O ja!« erwiderte Nase mit leichterem Herzen. »Am See, zweihundert Schritte vom Haus, steht eine ganze Gruppe; doch warum diese?«

»Nur am Fuße alter Kastanien blüht das Kräutlein«, sagte Mimi, »darum laß uns keine Zeit versäumen und suchen, was du brauchst; nimm mich auf deinen Arm und setze mich im Freien nieder; ich will dir suchen.«

Er tat, wie sie gesagt, und ging mit ihr zur Pforte des Palastes. Dort aber streckte der Türhüter das Gewehr vor und sprach: »Mein guter Nase, mit dir ist's vorbei; aus dem Hause darfst du nicht, ich habe den strengsten Befehl darüber.«

»Aber in den Garten kann ich doch wohl gehen?« erwiderte der Zwerg. »Sei so gut und schicke einen deiner Gesellen zum Aufseher des Palastes und frage, ob ich nicht in den Garten gehen und Kräuter suchen dürfe?« Der Türhüter tat also, und es wurde erlaubt; denn der Garten hatte hohe Mauern, und es war an kein Entkommen daraus zu denken. Als aber Nase mit der Gans Mimi ins Freie gekommen war, setzte er sie behutsam nieder, und sie ging schnell vor ihm her dem See zu, wo die Kastanien standen. Er folgte ihr nur mit beklommenem Herzen; denn es war ja seine letzte, einzige Hoffnung; fand sie das Kräutlein nicht, so stand sein Entschluß fest, er stürzte sich dann lieber in den See, als daß er sich köpfen ließ. Die Gans suchte vergebens, sie wandelte unter allen Kastanien, sie wandte mit dem Schnabel jedes Gräschen um, es wollte sich nichts zeigen, und sie fing aus Mitleid und Angst an zu weinen; denn schon wurde der Abend dunkler und die Gegenstände umher waren schwerer zu erkennen.

Da fielen die Blicke des Zwerges über den See hin, und plötzlich rief er: »Siehe, siehe, dort über dem See steht noch ein großer, alter Baum; laß uns dorthin gehen und suchen, vielleicht blüht dort mein Glück.«

Die Gans hüpfte und flog voran, und er lief nach, so schnell seine kleinen Beine konnten; der Kastanienbaum warf einen großen Schatten, und es war dunkel umher, fast war nichts mehr zu erkennen; aber da blieb plötzlich die Gans stille stehen, schlug vor Freuden mit den Flügeln, fuhr dann schnell mit dem Kopf ins hohe Gras und pflückte etwas ab, das sie dem erstaunten Nase zierlich mit dem Schnabel überreichte und sprach: »Das ist das Kräutlein, und hier wächst eine Menge davon, so daß es dir nie daran fehlen kann.«

Der Zwerg betrachtete das Kraut sinnend; ein süßer Duft strömte ihm daraus entgegen, der ihn unwillkürlich an die Szene seiner Verwandlung erinnerte; die Stengel, die Blätter waren bläulichgrün, sie trugen eine brennend rote Blume mit gelbem Rande.

»Gelobt sei Gott!« rief er endlich aus. »Welches Wunder! Wisse, ich glaube, es ist dies dasselbe Kraut, das mich aus einem Eichhörnchen in diese schändliche Gestalt umwandelte; soll ich den Versuch machen?«

»Noch nicht«, bat die Gans. »Nimm von diesem Kraut eine Handvoll mit dir, laß uns auf dein Zimmer gehen und dein Geld, und was du sonst hast, zusammenraffen, und dann wollen wir die Kraft des Krautes versuchen!« Sie taten also und gingen auf seine Kammer zurück, und das Herz des Zwerges pochte hörbar vor Erwartung. Nachdem er fünfzig oder sechzig Dukaten, die er erspart hatte, einige Kleider und Schuhe zusammen in ein Bündel geknüpft hatte, sprach er: »So es Gott gefällig ist, werde ich diese

Bürde loswerden«, steckte seine Nase tief in die Kräuter und sog ihren Duft ein.

Da zog und knackte es in allen seinen Gliedern, er fühlte, wie sich sein Kopf aus den Schultern hob, er schielte herab auf seine Nase und sah sie kleiner und kleiner werden, sein Rücken und seine Brust fingen an, sich zu ebnen, und seine Beine wurden länger.

Die Gans sah mit Erstaunen diesem allem zu. »Ha! Was du groß, was du schön bist!« rief sie. »Gott sei gedankt, es ist nichts mehr an dir von allem, was du vorher warst!«

Da freute sich Jakob sehr, und er faltete die Hände und betete. Aber seine Freude ließ ihn nicht vergessen, welchen Dank er der Gans schuldig sei; zwar drängte ihn sein Herz, zu seinen Eltern zu gehen; doch besiegte er aus Dankbarkeit diesen Wunsch und sprach: »Wem anders als dir habe ich es zu danken, daß ich mir selbst wiedergeschenkt bin? Ohne dich hätte ich dieses Kraut nimmer gefunden, hätte also ewig in jener Gestalt bleiben oder vielleicht gar unter dem Beile des Henkers sterben müssen. Wohlan, ich will es dir vergelten. Ich will dich zu deinem Vater bringen; er, der erfahren ist in jedem Zauber, wird dich leicht entzaubern können.« Die Gans vergoß Freudentränen und nahm sein Anerbieten an. Jakob kam glücklich und unerkannt mit der Gans aus dem Palast und machte sich auf den Weg nach dem Meeresstrand, Mimis Heimat, zu.

Was soll ich noch weiter erzählen, daß sie ihre Reise glücklich vollendeten, daß Wetterbock seine Tochter entzauberte und den Jakob, mit Geschenken beladen, entließ, daß er in seine Vaterstadt zurückkam und daß seine Eltern in dem schönen jungen Mann mit Vergnügen ihren verlorenen Sohn erkannten, daß er von den Geschenken, die er von Wetterbock mitbrachte, sich einen Laden kaufte und reich und glücklich wurde?

Nur so viel will ich noch sagen, daß nach seiner Entfernung aus dem Palaste des Herzogs große Unruhe entstand; denn als am anderen Tage der Herzog seinen Schwur erfüllen und dem Zwerg, wenn er die Kräuter nicht gefunden hätte, den Kopf abschlagen lassen wollte, war er nirgends zu finden; der Fürst aber behauptete, der Herzog habe ihn heimlich entkommen lassen, um sich nicht seines besten Kochs zu berauben, und klagte ihn an, daß er wortbrüchig sei. Dadurch entstand denn ein großer Krieg zwischen beiden Fürsten, der in der Geschichte unter dem Namen »Kräuterkrieg« wohlbekannt ist; es wurde manche Schlacht geschlagen, aber am Ende doch Friede gemacht, und diesen Frieden nennt man bei uns den »Pastetenfrieden«, weil beim Versöhnungsfest durch den Koch des Fürsten die Souzeraine, die Königin der Pasteten, zubereitet wurde, welche sich der Herr Herzog trefflich schmecken ließ.

So führen oft die kleinsten Ursachen zu großen Folgen; und dies, o Herr, ist die Geschichte des Zwerges Nase.

*

*

So erzählte der Sklave aus Frankistan; nachdem er geendet hatte, ließ der Scheik Ali Banu ihm und den anderen Sklaven Früchte reichen, sich zu erfrischen, und unterhielt sich, während sie aßen, mit seinen Freunden. Die jungen Männer aber, die der Alte eingeführt hatte, waren voll Lobes über den Scheik, sein Haus und alle seine Einrichtungen. »Wahrlich«, sprach der junge Schreiber, »es gibt keinen angenehmeren Zeitvertreib als Geschichten anzuhören. Ich könnte tagelang so hinsetzen, die Beine untergeschlagen, einen Arm aufs Kissen gestützt, die Stirne in die Hand gelegt, und, wenn es ginge, des Scheiks große Wasserpfeife in der Hand, und Geschichten anhören – so ungefähr stelle ich mir das Leben vor in den Gärten Mahomeds.«

»So lange Ihr jung seid und arbeiten könnt«, sprach der Alte, »kann ein solcher träger Wunsch nicht Euer Ernst sein. Aber das gebe ich Euch zu, daß ein eigener Reiz darin liegt, etwas erzählen zu hören. So alt ich bin, und ich gehe nun ins siebenundsiebzigste Jahr, so viel ich in meinem Leben schon gehört habe, so verschmähe ich es doch nicht, wenn an der Ecke ein Geschichtenerzähler sitzt und um ihn in großem Kreis die Zuhörer, mich ebenfalls hinzusetzen und zuzuhören. Man träumt sich ja in die Begebenheiten hinein, die erzählt werden, man lebt mit diesen Menschen, mit diesen wundervollen Geistern, mit Feen und dergleichen Leuten, die uns nicht alle Tage begegnen, und hat nachher, wenn man einsam ist, Stoff, sich alles zu wiederholen, wie der Wanderer, der sich gut versehen hat, wenn er durch die Wüste reist.«

»Ich habe nie so darüber nachgedacht«, erwiderte ein anderer der jungen Leute, »worin der Reiz solcher Geschichten eigentlich liegt. Aber mir geht es wie euch. Schon als Kind konnte man mich, wenn ich ungeduldig war, durch eine Geschichte zum Schweigen bringen. Es war mir anfangs gleichgültig, von was es handelte, wenn es nur erzählt war, wenn nur etwas geschah; wie oft habe ich, ohne zu ermüden, jene Fabeln angehört, die weise Männer erfunden und in welche sie einen Kern ihrer Weisheit gelegt haben, vom Fuchs und vom törichten Raben, vom Fuchs und vom Wolf, viele Dutzend Geschichten vom Löwen und den übrigen Tieren. Als ich älter wurde und mehr unter die Menschen kam, genügten mir jene kurzen

Geschichten nicht mehr; sie mußten schon länger sein, mußten von Menschen und ihren wunderbaren Schicksalen handeln.« »Ja, ich entsinne mich noch wohl dieser Zeit«, unterbrach ihn einer seiner Freunde. »Du warst es, der uns diesen Drang nach Erzählungen beibrachte. Einer Eurer Sklaven wußte so viel zu erzählen, als ein Kameltreiber von Mekka nach Medina spricht; wenn er fertig war mit seiner Arbeit, mußte er sich zu uns setzen, und da baten wir so lange, bis er zu erzählen anfing, und das ging fort und fort, bis die Nacht heraufkam.«

»Und erschloß sich uns«, entgegnete der Schreiber, »erschloß sich uns da nicht ein neues, nie gekanntes Reich, das Land der Genien und Feen, bebaut mit allen Wundern der Pflanzenwelt, mit reichen Palästen von Smaragden und Rubinen, mit riesenhaften Sklaven bevölkert, die erschienen, wenn man einen Ring hin und wider dreht oder die Wunderlampe reibt oder das Wort Salomos ausspricht, und in goldenen Schalen herrliche Speisen bringen. Wir fühlten uns unwillkürlich in jenes Land versetzt, wir machten mit Sindbad seine wunderbaren Fahrten, wir gingen mit Harun Al-Raschid, dem weisen Beherrscher der Gläubigen, abends spazieren, wir kannten Giaffar, seinen Wesir, so gut als uns selbst, kurz, wir lebten in jenen Geschichten, wie man nachts in Träumen lebt, und es gab keine schönere Tageszeit für uns als den Abend, wo der alte Sklave uns erzählte. Aber sage uns, Alter, worin liegt es denn eigentlich, daß wir damals so gerne erzählen hörten, daß es noch jetzt für uns keine angenehmere Unterhaltung gibt?«

Die Bewegung, die im Zimmer entstand, und die Aufforderung zur Aufmerksamkeit, die der Sklavenaufseher gab, verhinderte den Alten zu antworten. Die jungen Leute wußten nicht, ob sie sich freuen sollten, daß sie eine neue Geschichte anhören durften, oder ungehalten sein darüber, daß ihr anziehendes Gespräch mit dem Alten unterbrochen worden war; aber ein zweiter Sklave erhob sich bereits und begann:

*

Abner, der Jude, der nichts gesehen hat

Herr, ich bin aus Mogador am Strande des großen Meers, und als der großmächtigste Kaiser Muley Ismael über Fez und Marokko herrschte, hat sich die Geschichte zugetragen, die du vielleicht nicht ungerne hören wirst. Es ist die Geschichte von Abner, dem Juden, der nichts gesehen hat.

Juden, wie du weißt, gibt es überall, und sie sind überall Juden: pfiffig, mit Falkenaugen für den kleinsten Vorteil begabt, verschlagen, desto verschlagener, je mehr sie mißhandelt werden, ihrer Verschlagenheit sich bewußt und sich etwas darauf einbildend. Daß aber doch zuweilen ein Jude durch seine Pfiffe zu Schaden kommt, bewies Abner, als er eines Abends zum Tore von Marokko hinaus spazierenging.

Er schreitet einher, mit der spitzen Mütze auf dem Kopf, in den bescheidenen, nicht übermäßig reinlichen Mantel gehüllt, streichelt sich den Knebelbart, und trotz der umherrollenden Augen, welche ewige Furcht und Besorgnis und die Begierde, etwas zu erspähen, womit etwas zu machen wäre, keinen Augenblick ruhen läßt, leuchtet Zufriedenheit aus seiner Miene; er muß diesen Tag gute Geschäfte gemacht haben; und so ist es auch. Er ist Arzt, ist Kaufmann, ist alles, was Geld einträgt; er hat heute einen Sklaven mit einem heimlichen Fehler verkauft, wohlfeil eine Kamelladung Gummi gekauft und einem reichen kranken Mann den letzten Trank, nicht vor seiner Genesung, sondern vor seinem Hintritt bereitet.

Eben war er auf seinem Spaziergang aus einem kleinen Gehölz von Palmen und Datteln getreten, da hörte er lautes Geschrei herbeilaufender Menschen hinter sich; es war ein Haufe kaiserlicher Stallknechte, den Oberstallmeister an der Spitze, die nach allen Seiten unruhige Blicke umherwarfen, wie Menschen, die etwas Verlorenes eifrig suchen.

»Philister«, rief ihm keuchend der Oberstallmeister zu, »hast du nicht ein kaiserlich Pferd mit Sattel und Zeug vorüberrennen sehen?«

Abner antwortete: »Der beste Galoppläufer, den es gibt; zierlich klein ist sein Huf, seine Hufeisen sind von vierzehnlötigem Silber, sein Haar leuchtet golden, gleich dem großen Sabbatleuchter in der Schule, fünfzehn Fäuste ist er hoch, sein Schweif ist drei und einen halben Fuß lang, und die Stangen seines Gebisses sind von dreiundzwanzigkarätigem Golde.«

»Er ist's!« rief der Oberstallmeister.

»Er ist's!« rief der Chor der Stallknechte.

»Es ist der Emir«, rief ein alter Bereiter, »ich habe es dem Prinzen Abdallah zehnmal gesagt, er solle den Emir in der Trense reiten, ich kenne den Emir, ich habe es vorausgesagt, daß er ihn abwerfen würde, und sollte ich seine Rückenschmerzen mit dem Kopf bezahlen müssen, ich habe es vorausgesagt. Aber schnell, wohinzu ist er gelaufen?«

»Habe ich doch gar kein Pferd gesehen«, erwiderte Abner lächelnd, »wie kann ich sagen, wohin es gelaufen ist, des Kaisers Pferd?«

Erstaunt über diesen Widerspruch wollten die Herren vom Stalle eben weiter in Abner dringen; da kam ein anderes Ereignis dazwischen.

Durch einen sonderbaren Zufall, wie es deren so viele gibt, war gerade zu dieser Zeit auch der Leibschoßhund der Kaiserin entlaufen. Ein Haufe schwarze Sklaven kam herbeigerannt, und sie schrien schon von weitem: »Habt Ihr den Schoßhund der Kaiserin nicht gesehen?«

»Es ist kein Hund, den Ihr suchet, meine Herren«, sagte Abner, »es ist eine Hündin.«

»Allerdings!« rief der erste Eunuch hocherfreut. »Aline, wo bist du?«

»Ein kleiner Wachtelhund«, fuhr Abner fort, »der vor kurzem Junge geworfen, langes Behänge, Federschwanz, hinkt auf dem rechten vorderen Bein.«

»Sie ist's, wie sie leibt und lebt!« rief der Chor der Schwarzen. »Es ist Aline; die Kaiserin ist in Krämpfe verfallen, sobald sie vermißt wurde; Aline, wo bist du? Was soll aus uns werden, wenn wir ohne dich in den Harem zurückkehren? Sprich geschwind, wohin hast du sie laufen sehen?«

»Ich habe gar keinen Hund gesehen; weiß ich doch nicht einmal, daß meine Kaiserin, welche Gott erhalte, einen Wachtelhund besitzt.«

Da ergrimmten die Leute vom Stalle und vom Harem über Abners Unverschämtheit, wie sie es nannten, über kaiserliches Eigentum seinen Scherz zu treiben, und zweifelten keinen Augenblick, so unwahrscheinlich dies auch war, daß er Hund und Pferd gestohlen habe. Während die anderen ihre Nachforschungen fortsetzten, packten der Stallmeister und der erste Eunuch den Juden und führten den halb pfiffig, halb ängstlich Lächelnden vor das Angesicht des Kaisers.

Aufgebracht berief Mulen Ismael, als er den Hergang vernommen, den gewöhnlichen Rat des Palastes und führte in Betracht der Wichtigkeit des Gegenstandes selbst den Vorsitz. Zur Eröffnung der Sache wurde dem Angeschuldigten ein halbes Hundert Streiche auf die Fußsohlen zuerkannt. Abner mochte schreien und winseln, seine Unschuld beteuern oder versprechen, alles zu erzählen, wie es sich zugetragen, Sprüche aus der Schrift oder dem Talmud anführen, mochte rufen: »Die Ungnade des Königs ist wie das Brüllen eines jungen Löwen, aber seine Gnade ist Tau auf dem Grase«; oder: »Laß nicht zuschlagen deine Hand, wenn dir Augen und Ohren verschlossen sind« – Mulen Ismael winkte und schwur bei des Propheten Bart und seinem eigenen, der Philister solle die Schmerzen des Prinzen Abdallah und die Krämpfe der Kaiserin mit dem Kopfe bezahlen, wenn die Flüchtigen nicht wieder beigebracht würden. Noch erschallte der Palast des Kaisers von Marokko von dem Schmerzgeschrei des Patienten, als die Nachricht einlief, Hund und Pferd seien wiedergefunden. Aline überraschte man in der Gesellschaft einiger Möpse, sehr anständiger Leute, die sich aber für sie, als Hofdame, durchaus nicht schickte, und Emir hatte, nachdem er sich müde gelaufen, das duftende Gras auf den grünen Wiesen am Bache Tara wohlschmeckender gefunden als den kaiserlichen Hafer; gleich dem ermüdeten fürstlichen Jäger, der, auf der Parforcejagd verirrt, über dem schwarzen Brot und der Butter in der Hütte des Landmanns alle Leckereien seiner Tafel vergißt.

Muley Ismael verlangte nun von Abner eine Erklärung seines Betragens, und dieser sah sich nun, wiewohl etwas spät, imstande, sich zu verantworten, was er, nachdem er vor seiner Hoheit Thron dreimal die Erde mit der Stirne berührte, in folgenden Worten tat:

»Großmächtigster Kaiser, König der Könige, Herr des Besten, Stern der Gerechtigkeit, Spiegel der Wahrheit, Abgrund der Weisheit, der du so glänzend bist wie Gold, so strahlend wie der Diamant, so hart wie das Eisen, höre mich, weil es deinem Sklaven vergönnt ist, vor deinem strahlenden Angesichte seine Stimme zu erheben! Ich schwöre bei dem Gott meiner Väter, bei Moses und den Propheten, daß ich dein heiliges Pferd und meiner gnädigen Kaiserin liebenswürdigen Hund mit meines Leibes Augen nicht gesehen habe. Höre aber, wie sich die Sache begeben:

Ich spazierte, um mich von des Tages Last und Arbeit zu erholen, nichts denkend, in dem kleinen Gehölze, wo ich die Ehre gehabt habe, Seiner Herrlichkeit, dem Oberstallmeister, und Seiner Wachsamkeit, dem schwarzen Aufseher deines gesegneten Harems, zu begegnen; da gewahrte ich im feinen Sande zwischen den Palmen die Spuren eines Tieres; ich, dem die Spuren der Tiere überaus gut bekannt sind, erkenne sie alsbald für die Fußstapfen eines kleinen Hundes; feine langgezogene Furchen liefen über die kleinen Unebenheiten des Sandbodens zwischen diesen Spuren hin; es ist eine Hündin, sprach ich zu mir selbst, und sie hat hängende Zitzen und hat Junge geworfen vor so und so langer Zeit; andere Spuren neben den Vordertatzen, wo der Sand leicht weggefegt zu sein schien, sagten mir, daß das Tier mit schönen, weit herabhängenden Ohren begabt sei; und da ich bemerkt, wie in längeren Zwischenräumen der Sand bedeutender aufgewühlt war, dachte ich: Einen schönen langbehaarten Schwanz hat die Kleine, und er muß anzusehen sein als ein Federbusch, und es hat ihr beliebt, zuweilen den Sand damit zu peitschen; auch entging mir nicht, daß eine Pfote sich beständig weniger tief in den Sand eindrückte; leider konnte mir da nicht verborgen bleiben, daß die Hündin meiner gnädigsten Frau, wenn es erlaubt ist, es auszusprechen, etwas hinke.

Was das Roß deiner Hoheit betrifft, so wisse, daß ich, als ich in einem Gange des Gebüsches hinwandelte, auf die Spuren eines Pferdes aufmerksam wurde. Kaum hatte ich den edlen, kleinen Huf, den feinen und doch starken Strahl bemerkt, so sagte ich in meinem Herzen: Da ist gewesen ein Roß von der Rasse Tschenner, die da ist die vornehmste von allen. Ist es ja noch nicht vier Monate, hat mein gnädigster Kaiser einem Fürsten in Frankenland eine ganze Koppel von dieser Rasse verkauft, und mein Bruder Ruben ist dabeigewesen, wie sie sind handelseinig geworden, und mein gnädigster Kaiser hat dabei gewonnen so und so viel. Als ich sah, wie die Spuren so weit und so gleichmäßig voneinander entfernt waren, mußte ich denken: Das galoppierte schön, vornehm; und ist bloß mein Kaiser wert, solch ein Tier zu besitzen, und ich gedachte des Streitrosses, von dem geschrieben steht bei Hiob: ´Es stampfet auf den Boden und ist freudig mit Kraft und zeucht aus, den Geharnischten entgegen; es spottet der Furcht und erschrickt nicht und fleucht vor dem Schwert nicht, wenngleich wider es erklinget der Köcher, und glänzen beide, Spieß und Lanzen.´ Und ich bückte mich, da ich etwas glänzen sah auf dem Boden, wie ich immer tue, und siehe, es war ein Marmelstein, darauf hatte das Hufeisen des eilenden Rosses einen Strich gezogen, und ich erkannte, daß es Hufeisen haben mußte von vierzehnlötigem Silber; muß ich doch den Strich kennen von jeglichem Metall, sei es echt oder unecht. Der Baumgang, in dem ich spazierte, war sieben Fuß weit, und hie und da sah ich den Staub von den Palmen gestreift; der Gaul hat mit dem Schweif gefochten, sprach ich, und er ist lang drei und einen halben Fuß; unter Bäumen, deren Krone etwa fünf Fuß vom Boden aufging, sah ich frisch abgestreifte Blätter; seiner Schnelligkeit Rücken mußte sie abgestreift haben; da haben wir ein Pferd von fünfzehn Fäusten; siehe da, unter denselben Bäumen kleine Büschel goldglänzender Haare, und siehe da, es ist ein Goldfuchs! Eben trat ich aus dem Gebüsche, da fiel an einer Felswand ein Goldstrich in mein Auge; diesen Strich solltest du kennen, sprach ich, und was war's? Ein Probierstein war eingesprengt in dem Gestein und ein haarfeiner Goldstrich darauf, wie ihn das Männchen mit dem Pfeilbündel auf den Füchsen der sieben vereinigten Provinzen von Holland nicht feiner, nicht reiner ziehen kann. Der Strich mußte von den Gebißstangen des flüchtigen Rosses rühren, die es im Vorbeispringen gegen dieses Gestein gerieben. Kennt man ja doch deine erhabene Prachtliebe, König der Könige, weiß man ja doch, daß sich das geringste deiner Rosse schämen würde, auf einen anderen als einen goldenen Zaum zu beißen. Also hat es sich begeben, und wenn –«

»Nun, bei Mekka und Medina!« rief Muley Ismael, »das heiße ich Augen; solche Augen könnten dir nicht schaden, Oberjägermeister, sie würden dir eine Koppel Schweißhunde ersparen; du, Polizeiminister, könntest damit weiter sehen als alle deine Schergen und Aufpasser. Nun, Philister, wir wollen dich in Betracht deines ungemeinen Scharfsinns, der uns wohlgefallen hat, gnädig behandeln; die fünfzig Prügel, die du richtig erhalten, sind fünfzig Zechinen wert. Sie ersparen dir fünfzig; denn du zahlst jetzt bloß noch fünfzig bar; zieh deinen Beutel und enthalte dich für die Zukunft, unseres kaiserlichen Eigentums zu spotten! Wir bleiben dir übrigens in Gnaden gewogen.«

Der ganze Hof bewunderte Abners Scharfsinn, denn seine Majestät hatte geschworen, er sei ein geschickter Bursche; aber dies bezahlte ihm seine Schmerzen nicht, tröstete ihn nicht für seine teuren Zechinen. Während er stöhnend und seufzend eine nach der anderen aus dem Beutel führte, jede noch zum Abschiede auf der Fingerspitze wog, höhnte ihn noch Schnuri, der kaiserliche Spaßmacher, fragte ihn, ob seine Zechinen alle auf dem Steine sich bewährten, auf dem der Goldfuchs des Prinzen Abdallah sein Gebiß probiert habe. »Deine Weisheit hat heute Ruhm geerntet«, sprach er; »ich wollte aber noch fünfzig Zechinen wetten, es wäre dir lieber, du hättest geschwiegen. Aber wie spricht der Prophet? ´Ein entschlüpftes Wort holt kein Wagen ein, und wenn er mit vier flüchtigen Rossen bespannt wäre.´ Auch kein Windspiel holt es ein, Herr Abner, auch wenn es nicht hinkt.«

Nicht lange nach diesem für Abner schmerzlichen Ereignis ging er wieder einmal in einem der grünen Täler zwischen den Vorbergen des Atlas spazieren. Da wurde er, gerade wie damals, von einem einherstürmenden Haufen Gewaffneter eingeholt, und der Anführer schrie ihn an:

»He, guter Freund, hast du nicht Goro, den schwarzen Leibschützen des Kaisers, vorbeilaufen sehen? Er ist entflohen, er muß diesen Weg genommen haben ins Gebirg.«

»Kann nicht dienen, Herr General«, antwortete Abner.

»Ach, bist du nicht der pfiffige Jude, der den Fuchsen und den Hund nicht gesehen hat? Mach nur keine Umstände; hier muß der Sklave vorbeigekommen sein; riechst du vielleicht noch den Duft seines Schweißes in der Luft? Siehst du noch die Spuren seines flüchtigen Fußes im hohen Grase? Sprich, der Sklave muß herbei; er ist einzig im Sperlingsschießen mit dem Blaserohr, und dies ist Seiner Majestät Lieblingszeitvertreib. Sprich! Oder ich lasse dich sogleich krumm fesseln!«

»Kann ich doch nicht sagen, ich habe gesehen, was ich doch nicht hab' gesehen.«

»Jude, zum letzten Male: Wohin ist der Sklave gelaufen? Denk an deine Fußsohlen, denk an deine Zechinen!«

»O weh geschrien! Nun, wenn Ihr absolut haben wollt, daß ich soll gesehen haben den Sperlingsschützen, so lauft dorthin; ist er dort nicht, so ist er anderswo.«

»Du hast ihn also gesehen?« brüllte ihn der Soldat an. »Ja denn, Herr Offizier, weil Ihr es so haben wollt.«

Die Soldaten verfolgten eilig die angewiesene Richtung. Abner aber ging, innerlich über seine List zufrieden, nach Hause . Kaum aber war er vierundzwanzig Stunden älter geworden, so drang ein Haufe von der Wache des Palastes in sein Haus und verunreinigte es, denn es war Sabbat, und schleppte ihn vor das Angesicht des Kaisers von Marokko.

»Hund von einem Juden«, schnaubte ihn der Kaiser an, »du wagst es, kaiserliche Bedienstete, die einen flüchtigen Sklaven verfolgen, auf falsche Spur ins Gebirge zu schicken, während der Flüchtling der Meeresküste zueilt und beinahe auf einem spanischen Schiffe entkommen wäre? Greift ihn, Soldaten! Hundert auf die Sohlen! Hundert Zechinen aus dem Beutel! Um wieviel die Sohlen schwellen unter den Hieben, um soviel soll der Beutel einschnurren.«

Du weißt es, o Herr, im Reiche Fez und Marokko liebt man schnelle Gerechtigkeit, und so wurde der arme Abner geprügelt und besteuert, ohne daß man ihn zuvor um seine Einwilligung befragt hätte. Er aber verfluchte sein Geschick, das ihn dazu verdammte, daß seine Sohlen und sein Beutel es hart empfinden sollten, so oft Seine Majestät geruhten, etwas zu verlieren. Als er aber brummend und seufzend unter dem Gelächter des rohen Hofvolks aus dem Saale hinkte, sprach zu ihm Schnuri, der Spaßmacher: »Gib dich zufrieden, Abner, undankbarer Abner! Ist es nicht Ehre genug für dich, daß jeder Verlust, den unser gnädiger Kaiser, den Gott erhalte, erleidet, auch dir empfindlichen Kummer verursachen muß? Versprichst du mir aber ein gut Trinkgeld, so komme ich jedesmal, eine Stunde bevor der Herr des Westens etwas verliert, an deine Bude in der Judengasse und spreche: ´Gehe nicht aus deiner Hütte, Abner, du weißt schon warum; schließe dich ein in dein Kämmerlein bis zu Sonnenuntergang, beides unter Schloß und Riegel.´«

Dies, o Herr, ist die Geschichte von Abner, der nichts gesehen hat.

*

*

Als der Sklave geendet hatte und es wieder stille im Saale geworden war, erinnerte der junge Schreiber den Alten, daß sie den Faden ihrer Unterhaltung abgebrochen hatten, und bat, ihnen zu erklären, worin denn eigentlich der mächtige Reiz des Märchens liege.

»Das will ich Euch jetzt sagen«, erwiderte der Alte. »Der menschliche Geist ist noch leichter und beweglicher als das Wasser, das doch in alle Formen sich schmiegt und nach und nach auch die dichtesten Gegenstände durchdringt. Er ist leicht und frei wie die Luft und wird wie diese, je höher er sich von der Erde hebt, desto leichter und reiner. Daher ist ein Drang in jedem Menschen, sich hinauf über das Gewöhnliche zu erheben und sich in höheren Räumen leichter und freier zu bewegen, sei es auch nur in Träumen. Ihr selbst, mein junger Freund, sagtet: ´Wir lebten in jenen Geschichten, wir dachten und fühlten mit jenen Menschen´, und daher kommt der Reiz, den sie für Euch hatten. Indem Ihr den Erzählungen des Sklaven zuhöret, die nur Dichtungen waren, die einst ein anderer erfand, habt Ihr selbst auch mitgedichtet. Ihr bliebet nicht stehen bei den Gegenständen um Euch her, bei Euren gewöhnlichen Gedanken, nein, Ihr erlebet alles mit, Ihr waret es selbst, dem dies und jenes Wunderbare begegnete, so sehr nahmet Ihr teil an dem Manne, von dem man Euch erzählte. So erhob sich Euer Geist am Faden einer solchen Geschichte über die Gegenwart, die Euch nicht so schön, nicht so anziehend dünkte; so bewegte sich dieser Geist in fremden, höheren Räumen freier und ungebundener, das Märchen wurde Euch zur Wirklichkeit, oder, wenn Ihr lieber wollet, die Wirklichkeit wurde zum Märchen, weil Euer Dichten und Sein im Märchen lebte.«

»Ganz verstehe ich Euch nicht«, erwiderte der junge Kaufmann, »aber Ihr habt recht mit dem, was Ihr sagtet, wir lebten im Märchen oder das Märchen in uns. Sie ist mir noch wohl erinnerlich, jene schöne Zeit; wenn wir Muße dazu hatten, träumten wir wachend; wir stellten uns vor, an wüste, unwirtbare Inseln verschlagen zu sein, wir berieten uns, was wir beginnen sollten, um unser Leben zu fristen, und oft haben wir im dichten Weidengebüsch uns Hütten gebaut, haben von elenden Früchten ein kärgliches Mahl gehalten, obgleich wir hundert Schritte weit zu Haus das Beste hätten haben können, ja, es gab Zeiten, wo wir auf die Erscheinung einer gütigen Fee oder eines wunderbaren Zwerges warteten, die zu uns treten und sagen würden: ´Die Erde wird sich alsobald auftun, wollet dann nur gefälligst herabsteigen in meinen Palast von Bergkristall und euch belieben lassen, was meine Diener, die Meerkatzen, euch auftischen.´«

Die jungen Leute lachten, gaben aber ihrem Freunde zu, daß er wahr gesprochen habe. »Noch jetzt«, fuhr ein anderer fort, »noch jetzt beschleicht mich hier und da dieser Zauber; ich würde mich zum Beispiel nicht wenig ärgern über die dumme Fabel, wenn mein Bruder zur Türe hereingestürzt käme und sagte: ´Weißt du schon das Unglück von unserem Nachbarn, dem dicken Bäcker? Er hat Händel gehabt mit einem Zauberer, und dieser hat ihn aus Rache in einen Bären verwandelt, und jetzt liegt er in seiner Kammer und heult entsetzlich´; ich würde mich ärgern und ihn einen Lügner schelten. Aber wie anders, wenn mir erzählt würde, der dicke Nachbar hab' eine weite Reise in ein fernes, unbekanntes Land unternommen, sei dort einem Zauberer in die Hände gefallen, der ihn in einen Bären verwandelte. Ich würde mich nach und nach in die Geschichte versetzt fühlen, würde mit dem dicken Nachbar reisen, Wunderbares erleben, und es würde mich nicht sehr überraschen, wenn er in ein Fell gesteckt würde und auf allen vieren gehen müßte.«

So sprachen die jungen Leute; da gab der Scheik wiederum das Zeichen, und alle setzten sich nieder. Der Aufseher der Sklaven aber trat zu den Freigelassenen und forderte sie auf, weiter forzufahren. Einer unter ihnen zeigte sich bereit, stand auf und hub an, folgendermaßen zu erzählen:

*

*

(im Märchenalmanach auf das Jahr 1827 stand hier »Der arme Stephan« von Gustav Adolf Schöll.)

*

*

Der Sklave hatte geendet, und seine Erzählung erhielt den Beifall des Scheik und seiner Freunde. Aber auch durch diese Erzählung wollte sich die Stirne des Scheik nicht entwölken lassen, er war und blieb ernst und tiefsinnig wie zuvor, und die jungen Leute bemitleideten ihn.

»Und doch«, sprach der junge Kaufmann, »und doch kann ich nicht begreifen, wie der Scheik sich an einem solchen Tage Märchen erzählen lassen mag, und zwar von seinen Sklaven. Ich für meinen Teil, hätte ich einen solchen Kummer, so würde ich lieber hinausreiten in den Wald und mich setzen, wo es recht dunkel und einsam ist, aber auf keinen Fall dieses Geräusch von Bekannten und Unbekannten um mich versammeln.«

»Der Weise«, antwortete der alte Mann, »der Weise läßt sich von seinem Kummer nie so überwältigen, daß er ihm völlig unterliegt. Er wird ernst, er wird tiefsinnig sein, er wird aber nicht laut klagen oder verzweifeln. Warum also, wenn es in deinem Innern dunkel und traurig aussieht, warum noch überdies die Schatten dunkler Zedern suchen? Ihr Schatten fällt durch das Auge in dein Herz und macht es noch dunkler. An die Sonne mußt du gehen, in den warmen, lichten Tag, für was du trauerst, und mit der Klarheit des Tages, mit der Wärme des Lichtes wird dir die Gewißheit aufgehen, daß Allahs Liebe über dir ist, erwärmend und ewig wie seine Sonne.«

»Ihr habt wahr gesprochen«, setzte der Schreiber hinzu, »und geziemt es nicht einem weisen Mann, dem seine Umgebungen zu Gebot stehen, daß er an einem solchen Tage die Schatten des Grams so weit als möglich entferne? Soll er zum Getränke seine Zuflucht nehmen oder Opium speisen, um den Schmerz zu vergessen? Ich bleibe dabei, es ist die anständigste Unterhaltung in Leid und Freude, sich erzählen zu lassen, und der Scheik hat ganz recht.«

»Gut«, erwiderte der junge Kaufmann, »aber hat er nicht Vorleser, nicht Freunde genug; warum müssen es gerade Sklaven sein, die erzählen?«

»Diese Sklaven, lieber Herr«, sagte der Alte, »sind vermutlich durch allerlei Unglück in Sklaverei geraten und sind nicht gerade so ungebildete Leute, wie Ihr wohl gesehen habt, von welchen man sich nicht könnte erzählen lassen. Überdies stammen sie von allerlei Ländern und Völkern, und es ist zu erwarten, daß sie bei sich zu Hause irgend etwas Merkwürdiges gehört oder gesehen, das sie nun zu erzählen wissen. Einen noch schöneren Grund, den mir einst ein Freund des Scheik sagte, will ich Euch wiedergeben: Diese Leute waren bis jetzt in seinem Hause als Sklaven, hatten sie auch keine schwere Arbeit zu verrichten, so war es doch immer Arbeit, zu der sie gezwungen waren, und mächtig der Unterschied zwischen ihnen und freien Leuten. Sie durften sich, wie es Sitte ist, dem Scheik nicht anders als mit den Zeichen der Unterwürfigkeit nähern. Sie durften nicht zu ihm reden, außer er fragte sie, und ihre Rede mußte kurz sein. Heute sind sie frei; und ihr erstes Geschäft als freie Leute ist, in großer Gesellschaft und vor ihrem bisherigen Herrn lange und offen sprechen zu dürfen. Sie fühlen sich nicht wenig geehrt dadurch, und ihre unverhoffte Freilassung wird ihnen dadurch nur um so werter.«

»Siehe«, unterbrach ihn der Schreiber, »dort steht der vierte Sklave auf; der Aufseher hat ihm wohl schon das Zeichen gegeben, lasset uns niedersetzen und hören!«

(Im Märchenalmanach auf das Jahr 1827 stand hier »Der gebackene Kopf« von James Justinian Morier)

Der Scheik äußerte seinen Beifall über diese Erzählung. Er hatte, was in Jahren nicht geschehen war, einigemal gelächelt, und seine Freunde nahmen dies als eine gute Vorbedeutung. Dieser Eindruck war den jungen Männern und dem Alten nicht entgangen. Auch sie freuten sich darüber, daß der Scheik, auf eine halbe Stunde wenigstens, zerstreut wurde; denn sie ehrten seinen Kummer und die Trauer um sein Unglück, sie fühlten ihre Brust beengt, wenn sie ihn so ernst und stille seinem Grame nachhängen sahen, und gehobener, freudiger waren sie, als die Wolke seiner Stirne auf Augenblicke vorüberzog.

»Ich kann mir wohl denken«, sagte der Schreiber, »daß diese Erzählung günstigen Eindruck auf ihn machen mußte; es liegt so viel Sonderbares, Komisches darin, daß selbst der heilige Derwisch auf dem Berge Libanon, der in seinem Leben noch nie gelacht hat, laut auflachen müßte.«

»Und doch«, sprach der Alte lächelnd, »und doch ist weder Fee noch Zauberer darin erschienen; kein Schloß von Kristall, keine Genien, die wunderbare Speisen bringen, kein Vogel Rock, noch ein Zauberpferd –«

»Ihr beschämt uns«, rief der junge Kaufmann, »weil wir mit so vielem Eifer von jenen Märchen unserer Kindheit sprachen, die uns noch jetzt so wunderbar anziehen, weil wir jene Momente aufzählten, wo uns das Märchen so mit sich hinwegriß, daß wir darin zu leben wähnten, weil wir dies so hoch anschlugen, wollet Ihr uns beschämen und auf feine Art zurechtweisen; nicht so?«

»Mitnichten! Es sei ferne von mir, eure Liebe zum Märchen zu tadeln; es zeugt von einem unverdorbenen Gemüt, daß ihr euch noch so recht gemütlich in den Gang des Märchens versetzen konntet, daß ihr nicht wie andere vornehm darauf, als auf ein Kinderspiel, herabsehet, daß ihr euch nicht langweilt und lieber ein Roß zureiten oder auf dem Sofa behaglich einschlummern oder halb träumend die Wasserpfeife rauchen wolltet, statt dergleichen euer Ohr zu schenken. Es sei ferne von mir, euch darum zu tadeln; aber das freut mich, daß auch eine andere Art von Erzählung euch fesselt und ergötzt, eine andere Art als die, welche man gewöhnlich Märchen nennt.«

»Wie versteht Ihr dies? Erklärt uns deutlicher, was Ihr meinet. Eine andere Art als das Märchen?« sprachen die Jünglinge unter sich.

»Ich denke, man muß einen gewissen Unterschied machen zwischen Märchen und Erzählungen, die man im gemeinen Leben Geschichten nennt. Wenn ich euch sage, ich will euch ein Märchen erzählen, so werdet ihr zum voraus darauf rechnen, daß es eine Begebenheit ist, die von dem gewöhnlichen Gang des Lebens abschweift und sich in einem Gebiet bewegt, das nicht mehr durchaus irdischer Natur ist. Oder, um deutlicher zu sein, ihr werdet bei dem Märchen auf die Erscheinung anderer Wesen als allein sterblicher Menschen rechnen können; es greifen in das Schicksal der Person, von welcher das Märchen handelt, fremde Mächte, wie Feen und Zauberer, Genien und Geisterfürsten, ein; die ganze Erzählung nimmt eine außergewöhnliche, wunderbare Gestalt an und ist ungefähr anzuschauen wie die Gewebe unserer Teppiche oder viele Gemälde unserer besten Meister, welche die Franken Arabesken nennen. Es ist dem echten Muselmann verboten, den Menschen, das Geschöpf Allahs, sündigerweise wiederzuschöpfen in Farben und Gemälden, daher sieht man auf jenen Geweben wunderbar verschlungene Bäume und Zweige mit Menschenköpfen, Menschen, die in einen Fisch oder Strauch ausgehen, kurz, Figuren, die an das gewöhnliche Leben erinnern und dennoch ungewöhnlich sind; ihr versteht mich doch?« »Ich glaube, Eure Meinung zu erraten«, sagte der Schreiber, »doch fahret weiter fort!«

»Von dieser Art ist nun das Märchen; fabelhaft, ungewöhnlich, überraschend; weil es dem gewöhnlichen Leben fremd ist, wird es oft in fremde Länder oder in ferne, längst vergangene Zeiten verschoben. Jedes Land, jedes Volk hat solche Märchen, die Türken so gut als die Perser, die Chinesen wie die Mongolen; selbst in Frankenland soll es viele geben, wenigstens erzählte mir einst ein gelehrter Giaur davon; doch sind sie nicht so schön als die unsrigen; denn statt schöner Feen, die in prachtvollen Palästen wohnen, haben sie zauberhafte Weiber, die sie Hexen nennen, heimtückisches, häßliches Volk, das in elenden Hütten wohnt, und statt in einem Muschelwagen, von Greisen gezogen, durch die blauen Lüfte zu fahren, reiten sie auf einem Besen durch den Nebel. Sie haben auch Gnomen und Erdgeister, das sind kleine verwachsene Kerlchen, die allerlei Spuk machen. Das sind nun die Märchen; ganz anders ist es aber mit den Erzählungen, die man gemeinhin Geschichten nennt. Diese bleiben ganz ordentlich auf der Erde, tragen sich im gewöhnlichen Leben zu, und wunderbar ist an ihnen meistens nur die Verkettung der Schicksale eines Menschen, der nicht durch Zauber, Verwünschung oder Feenspuk, wie im Märchen, sondern durch sie selbst oder die sonderbare Fügung der Umstände reich oder arm, glücklich oder unglücklich wird.«

»Richtig!« erwiderte einer der jungen Leute. »Solche reinen Geschichten finden sich auch in den herrlichen Erzählungen der Scheherazade, die man ´Tausendundeine Nacht´ nennt. Die meisten Begebenheiten des Königs Harun Al-Raschid und seines Wesirs sind dieser Art. Sie gehen verkleidet aus und sehen diesen oder jenen höchst sonderbaren Vorfall, der sich nachher ganz natürlich auflöst.«

»Und dennoch werdet ihr gestehen müssen«, fuhr der Alte fort, »daß jene Geschichten nicht der schlechteste Teil der ´Tausendundeine Nacht´ sind. Und doch, wie verschieden sind sie in ihren Ursachen, in ihrem Gang, in ihrem ganzen Wesen von den Märchen eines Prinzen Biribinker oder der drei Derwische mit einem Auge oder des Fischers, der den Kasten, verschlossen mit dem Siegel Salomos, aus dem Meere zieht! Aber am Ende ist es dennoch eine Grundursache, die beiden ihren eigentümlichen Reiz gibt, nämlich das, daß wir etwas Auffallendes, Außergewöhnliches miterleben. Bei dem Märchen liegt dieses Außergewöhnliche in jener Einmischung eines fabelhaften Zaubers in das gewöhnliche Menschenleben, bei den Geschichten geschieht etwas zwar nach natürlichen Gesetzen, aber auf überraschende, ungewöhnliche Weise.«

»Sonderbar!« rief der Schreiber, »sonderbar, daß uns dann dieser natürliche Gang der Dinge ebenso anzieht wie der übernatürliche im Märchen; worin mag dies doch liegen?«

»Das liegt in der Schilderung des einzelnen Menschen«, antwortete der Alte; »im Märchen häuft sich das Wunderbare so sehr, der Mensch handelt so wenig mehr aus eigenem Trieb, daß die einzelnen Figuren und ihr Charakter nur flüchtig gezeichnet werden können. Anders bei der gewöhnlichen Erzählung, wo die Art, wie jeder seinem Charakter gemäß spricht und handelt, die Hauptsache und das Anziehende ist. So die Geschichte von dem gebackenen Kopf, die wir soeben gehört haben. Der Gang der Erzählung wäre im ganzen nicht auffallend, nicht überraschend, wäre er nicht verwickelt durch den Charakter der Handelnden. Wie köstlich zum Beispiel ist die Figur des Schneiders. Man glaubt den alten, gekrümmten Mantelflicker vor sich zu sehen. Er soll zum erstenmal in seinem Leben einen tüchtigen Schnitt machen, ihm und seinem Weibe lacht schon zum voraus das Herz, und sie traktieren sich mit recht schwarzem Kaffee. Welches Gegenstück zu dieser behaglichen Ruhe ist dann jene Szene, wo sie den Pack begierig öffnen und den greulichen Kopf erblicken. Und nachher glaubt man ihn nicht zu sehen und zu hören, wie er auf dem Minarett umherschleicht, die Gläubigen mit meckernder Stimme zum Gebet ruft und bei Erblickung des Sklaven plötzlich, wie vom Donner gerührt, verstummt? Dann der Barbier! Sehet ihr ihn nicht vor euch, den alten Sünder, der, während er die Seife anrührt, viel schwatzt und gerne verbotenen Wein trinkt? Sehet ihr ihn nicht, wie er dem sonderbaren Kunden das Barbierschüsselchen unterhält und – den kalten Schädel berührt? Nicht minder gut, wenn auch nur angedeutet, ist der Sohn des Bäckers, der verschmitzte Junge, und der Bratenmacher Yanakil. Ist nicht das Ganze eine ununterbrochene Reihe komischer Szenen, scheint nicht der Gang der Geschichte, so ungewöhnlich er ist, sich ganz natürlich zu fügen? Und warum? Weil die einzelnen Figuren richtig gezeichnet sind und aus ihrem ganzen Wesen alles so kommen muß, wie es wirklich geschieht.«

»Wahrlich, Ihr habt recht!« erwiderte der junge Kaufmann, »ich habe mir nie Zeit genommen, so recht darüber nachzudenken, habe alles nur so gesehen und an mir vorübergehen lassen, habe mich an dem einen ergötzt, das andere langweilig gefunden, ohne gerade zu wissen, warum. Aber Ihr gebt uns da einen Schlüssel, der uns das Geheimnis öffnet, einen Probierstein, worauf wir die Probe machen und richtig urteilen können.«

»Tuet das immer«, antwortete der Alte, »und euer Genuß wird sich vergrößern, wenn ihr nachdenken lernet über das, was ihr gehört. Doch siehe, dort erhebt sich wieder ein neuer, um zu erzählen.«

So war es, und der fünfte Sklave begann:

*

*

Im »Märchenalmanach auf das Jahr 1827« stand
hier »Der arme Stephan« von Gustav Adolf Schöll.

Im »Märchenalmanach auf das Jahr 1827« stand
hier »Der gebackene Kopf« von James Justinian Morier.

*

*

Der Affe als Mensch

»Herr! ich bin ein Deutscher von Geburt und habe mich in Euren Landen zu kurz aufgehalten, als daß ich ein persisches Märchen oder eine ergötzliche Geschichte von Sultanen und Wesiren erzählen könnte. Ihr müßt mir daher schon erlauben, daß ich etwas aus meinem Vaterland erzähle, was Euch vielleicht auch einigen Spaß macht. Leider sind unsere Geschichten nicht immer so vornehm wie die Euren, das heißt, sie handeln nicht von Sultanen oder unseren Königen, nicht von Wesiren und Paschas, was man bei uns Justiz- und Finanzminister, auch Geheimräte und dergleichen nennt, sondern sie leben, wenn sie nicht von Soldaten handeln, gewöhnlich ganz bescheiden und unter den Bürgern.

Im südlichen Teil von Deutschland liegt das Städtchen Grünwiesel, wo ich geboren und erzogen bin. Es ist ein Städtchen, wie sie alle sind. In der Mitte ein kleiner Marktplatz mit einem Brunnen, an der Seite ein kleines, altes Rathaus, umher auf dem Markt die Häuser des Friedensrichters und der angesehensten Kaufleute, und in ein paar engen Straßen wohnen die übrigen Menschen. Alles kennt sich, jedermann weiß, wie es da und dort zugeht, und wenn der Oberpfarrer oder der Bürgermeister oder der Arzt ein Gericht mehr auf der Tafel hat, so weiß es schon am Mittagessen die ganze Stadt. Nachmittags kommen dann die Frauen zueinander in die Visite, wie man es nennt, besprechen sich bei starkem Kaffee und süßem Kuchen über diese große Begebenheit, und der Schluß ist, daß der Oberpfarrer wahrscheinlich in die Lotterie gesetzt und unchristlich viel gewonnen habe, daß der Bürgermeister sich 'schmieren' lasse oder daß der Doktor vom Apotheker einige Goldstücke bekommen habe, um recht teure Rezepte zu verschreiben. Ihr könnet Euch denken, Herr, wie unangenehm es für eine so wohleingerichtete Stadt wie Grünwiesel sein mußte, als ein Mann dorthin zog, von dem niemand wußte, woher er kam, was er wollte, von was er lebte. Der Bürgermeister hatte zwar seinen Paß gesehen, ein Papier, das bei uns jedermann haben muß«

»Ist es denn so unsicher auf den Straßen«, unterbrach den Sklaven der Scheik, »daß Ihr einen Ferman Eures Sultans haben müsset, um die Räuber in Respekt zu setzen?«

»Nein, Herr«, entgegnete jener, »diese Papiere halten keinen Dieb von uns ab, sondern es ist nur der Ordnung wegen, daß man überall weiß, wen man vor sich hat.«

Nun, der Bürgermeister hatte den Paß untersucht und in einer Kaffeegesellschaft bei Doktors geäußert, der Paß sei zwar ganz richtig visiert von Berlin bis Grünwiesel, aber es stecke doch was dahinter; denn der Mann sehe etwas verdächtig aus. Der Bürgermeister hatte das größte Ansehen in der Stadt, kein Wunder, daß von da an der Fremde als eine verdächtige Person angesehen wurde. Und sein Lebenswandel konnte meine Landsleute nicht von dieser Meinung abbringen. Der fremde Mann mietete sich für einige Goldstücke ein ganzes Haus, das bisher öde gestanden, ließ einen ganzen Wagen voll sonderbarer Gerätschaften, als Öfen, Kunstherde, große Tiegel und dergleichen hineinschaffen und lebte von da an ganz für sich allein. Ja, er kochte sich sogar selbst, und es kam keine menschliche Seele in sein Haus als ein alter Mann aus Grünwiesel, der ihm seine Einkäufe in Brot, Fleisch und Gemüse besorgen mußte. Doch auch dieser durfte nur in den Flur des Hauses kommen, und dort nahm der fremde Mann das Gekaufte in Empfang.

Ich war ein Knabe von zehn Jahren, als der Mann in meiner Vaterstadt einzog, und ich kann mir noch heute, als wäre es gestern geschehen, die Unruhe denken, die dieser Mann im Städtchen verursachte. Er kam nachmittags nicht, wie andere Männer, auf die Kegelbahn, er kam abends nicht ins Wirtshaus, um, wie die übrigen, bei einer Pfeife Tabak über die Zeitung zu sprechen. Umsonst luden ihn nach der Reihe der Bürgermeister, der Friedensrichter, der Doktor und der Oberpfarrer zum Essen oder Kaffee ein, er ließ sich immer entschuldigen. Daher hielten ihn einige für verrückt, andere für einen Juden, eine dritte Partie behauptete steif und fest, er sei ein Zauberer oder Hexenmeister. Ich wurde achtzehn, zwanzig Jahre alt, und noch immer hieß der Mann in der Stadt der fremde Herr.

Es begab sich aber eines Tages, daß Leute mit fremden Tieren in die Stadt kamen. Es ist dies hergelaufenes Gesindel, das ein Kamel hat, welches sich verbeugen kann, einen Bären, der tanzt, einige Hunde und Affen, die in menschlichen Kleidern komisch genug aussehen und allerlei Künste machen. Diese Leute durchziehen gewöhnlich die Stadt, halten an den Kreuzstraßen und Plätzen, machen mit einer kleinen Trommel und einer Pfeife eine übeltönende Musik, lassen ihre Truppe tanzen und springen und sammeln dann in den Häusern Geld ein. Die Truppe aber, die diesmal sich in Grünwiesel sehen ließ, zeichnete sich durch einen ungeheuren Orang-Utan aus, der beinahe Menschengröße hatte, auf zwei Beinen ging und allerlei artige Künste zu machen verstand. Diese Hunds- und Affenkomödie kam auch vor das Haus des fremden Herrn; er erschien, als die Trommel und Pfeife ertönten, von Anfang ganz unwillig hinter den dunklen, vom Alter angelaufenen Fenstern; bald aber wurde er freundlicher, schaute zu jedermanns Verwundern zum Fenster heraus und lachte herzlich über die Künste des Orang-Utans; ja, er gab für den Spaß ein so großes Silberstück, daß die ganze Stadt davon sprach.

Am anderen Morgen zog die Tierbande weiter; das Kamel mußte viele Körbe tragen, in welchen die Hunde und Affen ganz bequem saßen, die Tiertreiber aber und der große Affe gingen hinter dem Kamel. Kaum aber waren sie einige Stunden zum Tore hinaus, so schickte der fremde Herr auf die Post, verlangte zu großer Verwunderung des Postmeisters einen Wagen und Extrapost und fuhr zu demselben Tor hinaus den Weg hin, den die Tiere genommen hatten. Das ganze Städtchen ärgerte sich, daß man nicht erfahren konnte, wohin er gereist sei. Es war schon Nacht, als der fremde Herr wieder im Wagen vor dem Tor ankam; es saß aber noch eine Person im Wagen, die den Hut tief ins Gesicht gedrückt und um Mund und Ohren ein seidenes Tuch gebunden hatte. Der Torschreiber hielt es für seine Pflicht, den anderen Fremden anzureden und um seinen Paß zu bitten; er antwortete aber sehr grob, indem er in einer ganz unverständlichen Sprache brummte.

»Es ist mein Neffe«, sagte der fremde Mann freundlich zum Torschreiber, indem er ihm einige Silbermünzen in die Hand drückte, »es ist mein Neffe und versteht bis dato noch wenig Deutsch; er hat soeben in seiner Mundart ein wenig geflucht, daß wir hier aufgehalten werden.«

»Ei, wenn es Dero Neffe ist«, antwortete der Torschreiber, »so kann er wohl ohne Paß hereinkommen; er wird wohl ohne Zweifel bei Ihnen wohnen?«

»Allerdings«, sagte der Fremde, »und hält sich wahrscheinlich längere Zeit hier auf.«

Der Torschreiber hatte keine weitere Einwendung mehr, und der fremde Herr und sein Neffe fuhren ins Städtchen. Der Bürgermeister und die ganze Stadt waren übrigens nicht sehr zufrieden mit dem Torschreiber. Er hätte doch wenigstens einige Worte von der Sprache des Neffen sich merken sollen; daraus hätte man dann leicht erfahren, was für ein Landeskind er und der Onkel wären. Der Torschreiber versicherte aber, daß es weder Französisch oder Italienisch sei, wohl aber habe es so breit geklungen wie Englisch, und wenn er nicht irre, so habe der junge Herr gesagt: »Goddam!« So half der Torschreiber sich selbst aus der Not und dem jungen Manne zu einem Namen; denn man sprach jetzt nur von dem jungen Engländer im Städtchen.

Aber auch der junge Engländer wurde nicht sichtbar, weder auf der Kegelbahn noch im Bierkeller; wohl aber gab er den Leuten auf andere Weise viel zu schaffen. – Es begab sich nämlich oft, daß von dem sonst so stillen Hause des Fremden ein schreckliches Geschrei und ein Lärm ausging, daß die Leute haufenweise vor dem Hause stehenblieben und hinaufsahen. Man sah dann den jungen Engländer, angetan mit einem roten Frack und grünen Beinkleidern, mit struppichtem Haar und schrecklicher Miene unglaublich schnell an den Fenstern hin und her durch alle Zimmer laufen; der alte Fremde lief ihm in einem roten Schlafrock, eine Hetzpeitsche in der Hand, nach, verfehlte ihn oft, aber einigemal kam es doch der Menge auf der Straße vor, als müsse er den Jungen erreicht haben; denn man hörte klägliche Angsttöne und klatschende Peitschenhiebe die Menge. An dieser grausamen Behandlung des fremden jungen Mannes nahmen die Frauen des Städtchens so lebhaften Anteil, daß sie endlich den Bürgermeister bewogen, einen Schritt in der Sache zu tun. Er schrieb dem fremden Herrn ein Billett, worin er ihm die unglimpfliche Behandlung seines Neffen in ziemlich derben Ausdrücken vorwarf und ihm drohte, wenn noch ferner solche Szenen vorfielen, den jungen Mann unter seinen besonderen Schutz zu nehmen.

Wer war aber mehr erstaunt als der Bürgermeister, wie er den Fremden selbst, zum erstenmal seit zehn Jahren, bei sich eintreten sah. Der alte Herr entschuldigte sein Verfahren mit dem besonderen Auftrag der Eltern des Jünglings, die ihm solchen zu erziehen gegeben; er sei sonst ein kluger, anstelliger Junge, äußerte er, aber die Sprachen erlerne er sehr schwer; er wünsche so sehnlich, seinem Neffen das Deutsche recht geläufig beizubringen, um sich nachher die Freiheit zu nehmen, ihn in die Gesellschaft von Grünwiesel einzuführen, und dennoch gehe demselben diese Sprache so schwer ein, daß man oft nichts Besseres tun könne, als ihn gehörig durchzupeitschen. Der Bürgermeister fand sich durch diese Mitteilung völlig befriedigt, riet dem Alten zur Mäßigung und erzählte abends im Bierkeller, daß er selten einen so unterrichteten, artigen Mann gefunden als den Fremden; »es ist nur schade«, setzte er hinzu, »daß er so wenig in Gesellschaft kommt; doch ich denke, wenn der Neffe nur erst ein wenig Deutsch spricht, besucht er meine Cercles öfter.«

Durch diesen einzigen Vorfall war die Meinung des Städtchens völlig umgeändert. Man hielt den Fremden für einen artigen Mann, sehnte sich nach seiner näheren Bekanntschaft und fand es ganz in der Ordnung, wenn hier und da in dem öden Hause ein gräßliches Geschrei aufging. »Er gibt dem Neffen Unterricht in der deutschen Sprachlehre«, sagten die Grünwiesler und blieben nicht mehr stehen. Nach einem Vierteljahr ungefähr schien der Unterricht im Deutschen beendigt; denn der Alte ging jetzt um eine Stufe weiter vor. Es lebte ein alter gebrechlicher Franzose in der Stadt, der den jungen Leuten Unterricht im Tanzen gab. Diesen ließ der Fremde zu sich rufen und sagte ihm, daß er seinen Neffen im Tanzen unterrichten lassen wolle. Er gab ihm zu verstehen, daß derselbe zwar sehr gelehrig, aber, was das Tanzen betreffe, etwas eigensinnig sei; er habe nämlich früher bei einem anderen Meister tanzen gelernt, und zwar nach so sonderbaren Touren, daß er sich nicht füglich in der Gesellschaft produzieren könne; der Neffe halte sich aber eben deswegen für einen großen Tänzer, obgleich sein Tanz nicht die entfernteste Ähnlichkeit mit Walzer oder Galopp (Tänze, die man in meinem Vaterlande tanzt, o Herr!), nicht einmal Ähnlichkeit mit Ekossaise oder Française habe. Er versprach übrigens einen Taler für die Stunde, und der Tanzmeister war mit Vergnügen bereit, den Unterricht des eigensinnigen Zöglings zu übernehmen.

Es gab, wie der Franzose unterderhand versicherte, auf der Welt nichts Sonderbareres als diese Tanzstunden. Der Neffe, ein ziemlich großer, schlanker junger Mann, der nur etwas sehr kurze Beine hatte, erschien in einem roten Frack, schön frisiert, in grünen, weiten Beinkleidern und glasierten Handschuhen. Er sprach wenig und mit fremdem Akzent, war von Anfang ziemlich artig und anstellig; dann verfiel er aber oft plötzlich in fratzenhafte Sprünge, tanzte die kühnsten Touren, wobei er Entrechats machte, daß dem Tanzmeister Hören und Sehen verging; wollte er ihn zurechtweisen, so zog er die zierlichen Tanzschuhe von den Füßen, warf sie dem Franzosen an den Kopf und setzte nun auf allen Vieren im Zimmer umher. Bei diesem Lärm fuhr dann der alte Herr plötzlich in einem weiten, roten Schlafrock, eine Mütze von Goldpapier auf dem Kopf, aus seinem Zimmer heraus und ließ die Hetzpeitsche ziemlich unsanft auf den Rücken des Neffen niederfallen. Der Neffe fing dann an, schrecklich zu heulen, sprang auf Tische und hohe Kommoden, ja selbst an den Kreuzstöcken der Fenster hinauf und sprach eine fremde, seltsame Sprache. Der Alte im roten Schlafrock aber ließ sich nicht irremachen, faßte ihn am Bein, riß ihn herab, bleute ihn durch und zog ihm mittels einer Schnalle die Halsbinde fester an, worauf er immer wieder artig und manierlich wurde und die Tanzstunde ohne Störung weiterging.

Als aber der Tanzmeister seinen Zögling so weit gebracht hatte, daß man Musik zu der Stunde nehmen konnte, da war der Neffe wie umgewandelt. Ein Stadtmusikant wurde gemietet, der im Saal des öden Hauses auf einen Tisch sich setzen mußte. Der Tanzmeister stellte dann die Dame vor, indem ihm der alte Herr einen Frauenrock von Seide und einen ostindischen Schal anziehen ließ; der Neffe forderte ihn auf und fing nun an, mit ihm zu tanzen und zu walzen; er aber war ein unermüdlicher, rasender Tänzer, er ließ den Meister nicht aus seinen langen Armen; ob er ächzte und schrie, er mußte tanzen, bis er ermattet umsank oder bis dem Stadtmusikus der Arm lahm wurde an der Geige. Den Tanzmeister brachten diese Unterrichtsstunden beinahe unter den Boden, aber der Taler, den er jedesmal richtig ausbezahlt bekam, der gute Wein, den der Alte aufwartete, machten, daß er immer wiederkam, wenn er auch den Tag zuvor sich fest vorgenommen hatte, nicht mehr in das öde Haus zu gehen.

Die Leute in Grünwiesel sahen aber die Sache ganz anders an als der Franzose. Sie fanden, daß der junge Mann viele Anlagen zum Gesellschaftlichen habe, und die Frauenzimmer im Städtchen freuten sich, bei dem großen Mangel an Herren einen so flinken Tänzer für den nächsten Winter zu bekommen.

Eines Morgens berichteten die Mägde, die vom Markte heimkehrten, ihren Herrschaften ein wunderbares Ereignis. Vor dem öden Hause sei ein prächtiger Glaswagen gestanden, mit schönen Pferden bespannt, und ein Bediensteter in reicher Livree habe den Schlag gehalten. Da sei die Türe des öden Hauses aufgegangen und zwei schön gekleidete Herren herausgetreten, wovon der eine der alte Fremde und der andere wahrscheinlich der junge Herr gewesen, der so schwer Deutsch gelernt und so rasend tanze. Die beiden seien in den Wagen gestiegen, der Bedienstete hinten aufs Brett gesprungen, und der Wagen, man stelle sich vor, sei geradezu auf Bürgermeisters Haus zugefahren.

Als die Frauen solches von ihren Mägden erzählen hörten, rissen sie eilends die Küchenschürzen und die etwas unsauberen Hauben ab und versetzten sich in Staat; »es ist nichts gewisser«, sagten sie zu ihrer Familie, indem alles umherrannte, um das Besuchszimmer, das zugleich zu sonstigem Gebrauch diente, aufzuräumen, »es ist nichts gewisser, als daß der Fremde jetzt seinen Neffen in die Welt einführt. Der alte Narr war seit zehn Jahren nicht so artig, einen Fuß in unser Haus zu setzen, aber es sei ihm wegen des Neffen verziehen, der ein charmanter Mensch sein soll.« So sprachen sie und ermahnten ihre Söhne und Töchter, recht manierlich auszusehen, wenn die Fremden kämen, sich gerade zu halten und sich auch einer besseren Aussprache zu bedienen als gewöhnlich. Und die klugen Frauen im Städtchen hatten nicht unrecht geraten; denn nach der Reihe fuhr der alte Herr mit seinem Neffen umher; sich und ihn in die Gewogenheit der Familien zu empfehlen.

Man war überall ganz erfüllt von den beiden Fremden und bedauerte, nicht schon früher diese angenehme Bekanntschaft gemacht zu haben. Der alte Herr zeigte sich als ein würdiger, sehr vernünftiger Mann, der zwar bei allem, was er sagte, ein wenig lächelte, so daß man nicht gewiß war, ob es ihm Ernst sei oder nicht, aber er sprach über das Wetter, über die Gegend, über das Sommervergnügen auf dem Keller am Berge so klug und durchdacht, daß jedermann davon bezaubert war. Aber der Neffe! Er bezauberte alles, er gewann alle Herzen für sich.

Man konnte zwar, was sein Äußeres betraf, sein Gesicht nicht schön nennen; der untere Teil, besonders die Kinnlade, stand allzusehr hervor, und der Teint war sehr bräunlich; auch machte er zuweilen allerlei sonderbare Grimassen, drückte die Augen zu und fletschte mit den Zähnen; aber dennoch fand man den Schnitt seiner Züge ungemein interessant. Es konnte nichts Beweglicheres, Gewandteres geben als seine Gestalt. Die Kleider hingen ihm zwar etwas sonderbar am Leib, aber es stand ihm alles trefflich; er fuhr mit großer Lebendigkeit im Zimmer umher, warf sich hier aufs Sofa, dort in einen Lehnstuhl und streckte die Beine von sich; aber was man bei einem anderen jungen Mann höchst gemein und unschicklich gefunden hätte, galt bei dem Neffen für Genialität.

»Er ist ein Engländer«, sagte man, »so sind sie alle; ein Engländer kann sich aufs Kanapee legen und einschlafen, während zehn Damen keinen Platz haben und umherstehen müssen, einem Engländer kann man so etwas nicht übelnehmen.« Gegen den alten Herrn, seinen Oheim, war er sehr fügsam; denn wenn er anfing, im Zimmer umherzuhüpfen oder, wie er gerne tat, die Füße auf den Sessel hinaufzuziehen, so reichte ein ernsthafter Blick hin, ihn zur Ordnung zu bringen. Und wie konnte man ihm so etwas übelnehmen, als vollends der Onkel in jedem Haus zu der Dame sagte: »Mein Neffe ist noch ein wenig roh und ungebildet; aber ich verspreche mir viel von der Gesellschaft, die wird ihn gehörig formen und bilden, und ich empfehle ihn namentlich Ihnen aufs angelegenste.«

So war der Neffe also in die Welt eingeführt, und ganz Grünwiesel sprach an diesem und den folgenden Tagen von nichts anderem als von diesem Ereignis. Der alte Herr blieb aber hierbei nicht stehen; er schien seine Denk- und Lebensart gänzlich geändert zu haben. Nachmittags ging er mit dem Neffen hinaus in den Felsenkeller am Berg, wo die vornehmeren Herren von Grünwiesel Bier tranken und sich am Kegelschieben ergötzten. Der Neffe zeigte sich dort als ein flinker Meister im Spiel; denn er warf nie unter fünf oder sechs; hier und da schien zwar ein sonderbarer Geist über ihn zu kommen; es konnte ihm einfallen, daß er pfeilschnell mit der Kugel hinaus-

und unter die Kegel hineinfuhr und dort allerhand tollen Rumor anrichtete, oder wenn er den Kranz oder den König geworfen, stand er plötzlich auf seinem schön frisierten Haar und streckte die Beine in die Höhe, oder wenn ein Wagen vorbeifuhr, saß er, ehe man sich's dessen versah, oben auf dem Kutschenhimmel und machte Grimassen herab, fuhr so ein Stückchen weit mit und kam dann wieder zur Gesellschaft gesprungen.

Der alte Herr pflegte dann bei solchen Szenen den Bürgermeister und die anderen Männer sehr um Entschuldigung zu bitten wegen der Ungezogenheit seines Neffen; sie aber lachten, schrieben es seiner Jugend zu, behaupteten, in diesem Alter selbst so leichtfüßig gewesen zu sein, und liebten den jungen Springinsfeld, wie sie ihn nannten, ungemein.

Es gab aber auch Zeiten, wo sie sich nicht wenig über ihn ärgerten und dennoch nichts zu sagen wagten, weil der junge Engländer allgemein als ein Muster von Bildung und Verstand galt. Der alte Herr pflegte nämlich mit seinem Neffen auch abends in den Goldenen Hirsch, das Wirtshaus des Städtchens, zu kommen. Obgleich der Neffe noch ein ganz junger Mensch war, tat er doch schon ganz wie ein Alter, setzte sich hinter sein Glas, tat eine ungeheure Brille auf, zog eine gewaltige Pfeife heraus, zündete sie an und dampfte unter allen am ärgsten. Wurde nun über die Zeitungen, über Krieg und Frieden gesprochen, gab der Doktor die Meinung, der Bürgermeister jene, waren die anderen Herren ganz erstaunt über so tiefe politische Kenntnisse, so konnte es dem Neffen plötzlich einfallen, ganz anderer Meinung zu sein; er schlug dann mit der Hand, von welcher er nie die Handschuhe ablegte, auf den Tisch und gab dem Bürgermeister und dem Doktor nicht undeutlich zu verstehen, daß sie von diesem allem nichts genau wüßten, daß er diese Sachen ganz anders gehört habe und tiefere Einsicht besitze. Er gab dann in einem sonderbar gebrochenen Deutsch seine Meinung preis, die alle, zum großen Ärgernis des Bürgermeisters, ganz trefflich fanden; denn er mußte als Engländer natürlich alles besser wissen.

Setzten sich dann der Bürgermeister und der Doktor in ihrem Zorn, den sie nicht laut werden lassen durften, zu einer Partie Schach, so rückte der Neffe hinzu, schaute dem Bürgermeister mit seiner großen Brille über die Schulter herein und tadelte diesen oder jenen Zug, sagte dem Doktor, so und so müsse er ziehen, so daß beide Männer heimlich ganz grimmig wurden. Bot ihm dann der Bürgermeister ärgerlich eine Partie an, um ihn gehörig matt zu machen, denn er hielt sich für einen zweiten Philidor, so schnallte der alte Herr dem Neffen die Halsbinde fester zu, worauf dieser ganz artig und manierlich wurde und den Bürgermeister matt machte.

Man hatte bisher in Grünwiesel beinahe jeden Abend Karten gespielt, die Partie um einen halben Kreuzer; das fand nun der Neffe erbärmlich, setzte Kronentaler und Dukaten, behauptete, kein einziger spiele so fein wie er, söhnte aber die beleidigten Herren gewöhnlich dadurch wieder aus, daß er ungeheure Summen an sie verlor. Sie machten sich auch gar kein Gewissen daraus, ihm recht viel Geld abzunehmen; denn »er ist ja ein Engländer, also von Hause aus reich«, sagten sie und schoben die Dukaten in die Tasche.

So kam der Neffe des fremden Herrn in kurzer Zeit bei Stadt und Umgegend in ungemeines Ansehen. Man konnte sich seit Menschengedenken nicht erinnern, einen jungen Mann dieser Art in Grünwiesel gesehen zu haben, und es war die sonderbarste Erscheinung, die man je bemerkt. Man konnte nicht sagen, daß der Neffe irgend etwas gelernt hätte als etwa tanzen. Latein und Griechisch waren ihm, wie man zu sagen pflegt, böhmische Dörfer. Bei einem Gesellschaftsspiel in Bürgermeisters Hause sollte er etwas schreiben, und es fand sich, daß er nicht einmal seinen Namen schreiben konnte; in der Geographie machte er die auffallendsten Schnitzer; denn es kam ihm nicht darauf an, eine deutsche Stadt nach Frankreich oder eine dänische nach Polen zu versetzen, er hatte nichts gesehen, nichts studiert, und der Oberpfarrer schüttelte oft bedenklich den Kopf über die rohe Unwissenheit des jungen Mannes; aber dennoch fand man alles trefflich, was er tat oder sagte; denn er war so unverschämt, immer recht haben zu wollen, und das Ende jeder seiner Reden war: »Ich verstehe das besser!«

So kam der Winter heran, und jetzt erst trat der Neffe mit noch größerer Glorie auf. Man fand jede Gesellschaft langweilig, wo nicht er zugegen war, man gähnte, wenn ein vernünftiger Mann etwas sagte; wenn aber der Neffe selbst das törichteste Zeug in schlechtem Deutsch vorbrachte, war alles Ohr. Es fand sich jetzt, daß der treffliche junge Mann auch ein Dichter war; denn nicht leicht verging ein

Abend, an welchem er nicht einiges Papier aus der Tasche zog und der Gesellschaft einige Sonette vorlas. Es gab zwar einige Leute, die von dem einen Teil dieser Dichtungen behaupteten, sie seien schlecht und ohne Sinn, einen anderen Teil wollten sie schon irgendwo gedruckt gelesen haben; aber der Neffe ließ sich nicht irremachen, er las und las, machte dann auf die Schönheiten seiner Verse aufmerksam, und jedesmal erfolgte rauschender Beifall.

Sein Triumph waren aber die Grünwieseler Bälle. Es konnte niemand anhaltender, schneller tanzen als er; keiner machte so kühne und ungemein zierliche Spränge wie er. Dabei kleidete ihn sein Onkel immer aufs prächtigste nach dem neuesten Geschmack, und obgleich ihm die Kleider nicht recht am Leibe sitzen wollten, fand man dennoch, daß ihn alles allerliebst kleide. Die Männer fanden sich zwar bei diesen Tänzen etwas beleidigt durch die neue Art, womit er auftrat. Sonst hatte immer der Bürgermeister in eigener Person den Ball eröffnet, die vornehmsten jungen Leute hatten das Recht, die übrigen Tänze anzuordnen aber seit der fremde junge Herr erschien, war dies alles ganz anders. Ohne viel zu fragen, nahm er die nächste beste Dame bei der Hand, stellte sich mit ihr oben an, machte alles, wie es ihm gefiel, und war Herr und Meister und Ballkönig. Weil aber die Frauen diese Manieren ganz trefflich und angenehm fanden, so durften die Männer nichts dagegen einwenden, und der Neffe blieb bei seiner selbstgewählten Würde.

Das größte Vergnügen schien ein solcher Ball dem alten Herrn zu gewähren; er verwandte kein Auge von seinem Neffen, lächelte immer in sich hinein, und wenn alle Welt herbeiströmte, um ihm über den anständigen, wohlgezogenen Jüngling Lobsprüche zu erteilen, so konnte er sich vor Freude gar nicht fassen; er brach dann in ein lustiges Gelächter aus und bezeugte sich wie närrisch; die Grünwieseler schrieben diese sonderbaren Ausbrüche der Freude seiner großen Liebe zu dem Neffen zu und fanden es ganz in der Ordnung. Doch hier und da mußte er auch sein väterliches Ansehen gegen den Neffen anwenden. Denn mitten in den zierlichsten Tänzen konnte es dem jungen Mann einfallen, mit einem kühnen Sprung auf die Tribüne, wo die Stadtmusikanten saßen, zu setzen, dem Organisten den Kontrabaß aus der Hand zu reißen und schrecklich darauf umherzukratzen; oder er wechselte auf einmal und tanzte auf den Händen, indem er die Beine in die Höhe streckte. Dann pflegte ihn der Onkel auf die Seite zu nehmen, machte ihm dort ernstliche Vowürfe und zog ihm die Halsbinde fester an, daß er wieder ganz gesittet wurde.

So betrug sich nun der Neffe in Gesellschaft und auf Bällen. Wie es aber mit den Sitten zu geschehen pflegt, die schlechten verbreiten sich immer leichter als die guten, und eine neue, auffallende Mode, wenn sie auch höchst lächerlich sein solle, hat etwas Ansteckendes an sich für junge Leute, die noch nicht über sich selbst und die Welt nachgedacht haben. So war es auch in Grünwiesel mit dem Neffen und seinen sonderbaren Sitten. Als nämlich die junge Welt sah, wie derselbe mit seinem linkischen Wesen, mit seinem rohen Lachen und Schwatzen, mit seinen groben Antworten gegen Ältere eher geschätzt als getadelt werde, daß man dies alles sogar sehr geist-reich finde, so dachten sie bei sich: »Es ist mir ein leichtes, auch solch ein geistreicher Schlingel zu werden.« Sie waren sonst fleißige, geschickte junge Leute gewesen; jetzt dachten sie: »Zu was hilft Gelehrsamkeit, wenn man mit Unwissenheit besser fortkömmt?« Sie ließen die Bücher liegen und trieben sich überall umher auf Plätzen und Straßen. Sonst waren sie artig gewesen und höflich gegen jedermann, hatten gewartet, bis man sie fragte, und anstän-dig und bescheiden geantwortet; jetzt standen sie in die Reihe der Männer, schwatzten mit, gaben ihre Meinung preis und lachten selbst dem Bürgermeister unter die Nase, wenn er etwas sagte, und behaupteten, alles viel besser zu wissen.

Sonst hatten die jungen Grünwieser Abscheu gehegt gegen rohes und gemeines Wesen. Jetzt sangen sie allerlei schlechte Lieder, rauchten aus ungeheuren Pfeifen Tabak und trieben sich in gemei-nen Kneipen umher; auch kauften sie sich, obgleich sie ganz gut sahen, große Brillen, setzten solche auf die Nase und glaubten nun, gemachte Leute zu sein; denn sie sahen ja aus wie der berühmte Neffe. Zu Hause oder wenn sie auf Besuch waren, lagen sie mit Stiefeln und Sporen auf dem Kanapee, schaukelten sich auf dem Stuhl in guter Gesellschaft oder stützten die Wangen in beide Fäus-te, die Ellbogen aber auf den Tisch, was nun überaus reizend anzu-sehen war. Umsonst sagten ihnen ihre Mütter und Freunde, wie töricht, wie unschicklich dies alles sei, sie beriefen sich auf das glän-zende Beispiel des Neffen. Umsonst stellte man ihnen vor, daß man dem Neffen, als einem jungen Engländer, eine gewisse Nationalroheit verzeihen müsse, die jungen Grünwieseler behaupteten, ebensogut als der beste Engländer das Recht zu haben, auf geistreiche Weise ungezogen zu sein; kurz, es war ein Jammer, wie durch das böse Beispiel des Neffen die Sitten und guten Gewohnheiten in Grünwiesel völlig untergingen.

Aber die Freude der jungen Leute an ihrem rohen, ungebundenen Leben dauerte nicht lange; denn folgender Vorfall veränderte auf einmal die ganze Szene: Die Wintervergnügungen sollte ein großes Konzert beschließen, das teils von den Stadtmusikanten, teils von geschickten Musikfreunden in Grünwiesel aufgeführt werden sollte. Der Bürgermeister spielte das Violoncell, der Doktor das Fagott ganz vortrefflich, der Apotheker, obgleich er keinen rechten Ansatz hatte, blies die Flöte, einige Jungfrauen aus Grünwiesel hatten Arien einstudiert, und alles war trefflich vorbereitet. Da äußerte der alte Fremde, daß zwar das Konzert auf diese Art trefflich werden würde, es fehle aber offenbar an einem Duett, und ein Duett müsse in jedem ordentlichen Konzert notwendigerweise vorkommen. Man war etwas betreten über diese Äußerung; die Tochter des Bürgermeisters sang zwar wie eine Nachtigall; aber wo einen Herrn herbekommen, der mit ihr ein Duett singen könnte? Man wollte endlich auf den alten Organisten verfallen, der einst einen trefflichen Baß gesungen hatte; der Fremde aber behauptete, dies alles sei nicht nötig, indem sein Neffe ganz ausgezeichnet singe. Man war nicht wenig erstaunt über diese neue treffliche Eigenschaft des jungen Mannes; er mußte zur Probe etwas singen, und einige sonderbare Manieren abgerechnet, die man für englisch hielt, sang er wie ein Engel. Man studierte also in der Eile das Duett ein, und der Abend erschien endlich, an welchem die Ohren der Grünwieseler durch das Konzert erquickt werden sollten.

Der alte Fremde konnte leider dem Triumph seines Neffen nicht beiwohnen, weil er krank war; er gab aber dem Bürgermeister, der ihn eine Stunde zuvor noch besuchte, einige Maßregeln über seinen Neffen auf. »Er ist eine gute Seele, mein Neffe«, sagte er, »aber hier und da verfällt er in allerlei sonderbare Gedanken und fängt dann tolles Zeug an; es ist mir eben deswegen leid, daß ich dem Konzert nicht beiwohnen kann; denn vor mir nimmt er sich gewaltig in acht, er weiß wohl, warum! Ich muß übrigens zu seiner Ehre sagen, daß dies nicht geistiger Mutwillen ist, sondern es ist körperlich, es liegt in seiner Natur. Wollten Sie nun, Herr Bürgermeister, wenn er etwa in solche Gedanken verfiele, daß er sich auf ein Notenpult setzte oder daß er durchaus den Kontrabaß streichen wollte oder dergleichen, wollten Sie ihm dann nur seine hohe Halsbinde etwas lockerer machen oder, wenn es auch dann nicht besser wird, ihm solche ganz ausziehen, Sie werden sehen, wie artig und manierlich er dann wird.«

Der Bürgermeister dankte dem Kranken für sein Zutrauen und versprach, im Fall der Not also zu tun, wie er ihm geraten.

Der Konzertsaal war gedrängt voll; denn ganz Grünwiesel und die Umgegend hatten sich eingefunden. Alle Jäger, Pfarrer, Amtleute, Landwirte und dergleichen aus dem Umkreis von drei Stunden waren mit zahlreicher Familie herbeigeströmt, um den seltenen Genuß mit den Grünwieselern zu teilen. Die Stadtmusikanten hielten sich vortrefflich; nach ihnen trat der Bürgermeister auf, der das Violoncell spielte, begleitet vom Apotheker, der die Flöte blies; nach diesen sang der Organist eine Baßarie mit allgemeinem Beifall, und auch der Doktor wurde nicht wenig beklatscht, als er auf dem Fagott sich hören ließ.

Die erste Abteilung des Konzertes war vorbei, und jedermann war nun auf die zweite gespannt, in welcher der junge Fremde mit des Bürgermeisters Tochter ein Duett vortragen sollte. Der Neffe war in einem glänzenden Anzug erschienen und hatte schon längst die Aufmerksamkeit aller Anwesenden auf sich gezogen. Er hatte sich nämlich, ohne viel zu fragen, in den prächtigen Lehnstuhl gelegt, der für eine Gräfin aus der Nachbarschaft hergesetzt worden war; er streckte die Beine weit von sich, schaute jedermann durch ein ungeheures Perspektiv an, das er noch außer seiner großen Brille gebrauchte, und spielte mit einem großen Fleischerhund, den er trotz des Verbotes, Hunde mitzunehmen, in die Gesellschaft eingeführt hatte. Die Gräfin, für welche der Lehnstuhl bereitet war, erschien; aber wer keine Miene machte, aufzustehen und ihr den Platz einzuräumen, war der Neffe; er setzte sich im Gegenteil noch bequemer hinein, und niemand wagte es, dem jungen Mann etwas darüber zu sagen; die vornehme Dame aber mußte auf einem ganz gemeinen Strohsessel mitten unter den übrigen Frauen des Städtchens sitzen und soll sich nicht wenig geärgert haben.

Während des herrlichen Spieles des Bürgermeisters, während des Organisten trefflicher Baßarie, ja sogar während der Doktor auf dem Fagott phantasierte und alles den Atem anhielt und lauschte, ließ der Neffe den Hund das Schnupftuch apportieren oder schwatzte ganz laut mit seinen Nachbarn, so daß jedermann, der ihn nicht kannte, über die absonderlichen Sitten des jungen Herrn sich wunderte.

Kein Wunder daher, daß alles sehr begierig war, wie er sein Duett vortragen würde. Die zweite Abteilung begann; die Stadtmusikanten hatten etwas weniges aufgespielt, und nun trat der Bürgermeister mit seiner Tochter zu dem jungen Mann, überreichte ihm ein Notenblatt und sprach: »Mosjöh, wäre es Ihnen jetzt gefällig, das Duetto zu singen?« Der junge Mann lachte, fletschte mit den Zähnen, sprang auf, und die beiden anderen folgten ihm an das Notenpult, und die ganze Gesellschaft war voll Erwartung. Der Organist schlug den Takt und winkte dem Neffen, anzufangen. Dieser schaute durch seine großen Brillengläser in die Noten und stieß greuliche, jämmerliche Töne aus. Der Organist aber schrie ihm zu: »Zwei Töne tiefer, Wertester, C müssen Sie singen, C!«

Statt aber C zu singen, zog der Neffe einen seiner Schuhe ab und warf ihn dem Organisten an den Kopf, daß der Puder weit umherflog. Als dies der Bürgermeister sah, dachte er. »Ha, jetzt hat er wieder seine körperlichen Zufälle!«, sprang hinzu, packte ihn am Hals und band ihm das Tuch etwas leichter; aber dadurch wurde es nur noch schlimmer mit dem jungen Mann. Er sprach nicht mehr Deutsch, sondern eine ganz sonderbare Sprache, die niemand verstand, und machte große Sprünge. Der Bürgermeister war in Verzweiflung über diese unangenehme Störung; er faßte daher den Entschluß, dem jungen Mann, dem etwas ganz Besonderes zugestoßen sein mußte, das Halstuch vollends abzulösen. Aber kaum hatte er dies getan, so blieb er vor Schrecken wie erstarrt stehen; denn statt menschlicher Haut und Farbe umgab den Hals des jungen Menschen ein dunkelbraunes Fell, und alsobald setzte derselbe auch seine Sprünge noch höher und sonderbarer fort, fuhr sich mit den glasierten Handschuhen in die Haare, zog diese ab, und o Wunder, diese schönen Haare waren eine Perücke, die er dem Bürgermeister ins Gesicht warf, und sein Kopf erschien jetzt mit demselben braunen Fell bewachsen.

Er setzte über Tische und Bänke, warf die Notenpulte um, zertrat Geigen und Klarinette und erschien wie ein Rasender. »Fangt ihn, fangt ihn!« rief der Bürgermeister ganz außer sich, »er ist von Sinnen, fangt ihn!« Das war aber eine schwierige Sache; denn er hatte die Handschuhe abgezogen und zeigte Nägel an den Händen, mit welchen er den Leuten ins Gesicht fuhr und sie jämmerlich kratzte. Endlich gelang es einem mutigen Jäger, seiner habhaft zu werden. Er preßte ihm die langen Arme zusammen, daß er nur noch mit den Füßen zappelte und mit heiserer Stimme lachte und schrie. Die Leute sammelten sich umher und betrachteten den sonderbaren jungen Herrn, der jetzt gar nicht mehr aussah wie ein Mensch. Aber ein gelehrter Herr aus der Nachbarschaft, der ein großes Naturalienkabinett und allerlei ausgestopfte Tiere besaß, trat näher, betrachtete ihn genau und rief dann voll Verwunderung: »Mein Gott, verehrte Herren und Damen, wie bringen Sie nur dies Tier in honette Gesellschaft, das ist ja ein Affe, der Homo Troglodytes Linnaei, ich gebe sogleich sechs Taler für ihn, wenn Sie mir ihn ablassen, und balge ihn aus für mein Kabinett.«

Wer beschreibt das Erstaunen der Grünwieseler, als sie dies hörten! »Was, ein Affe, ein Orang-Utan in unserer Gesellschaft? Der junge Fremde ein ganz gewöhnlicher Affe?« riefen sie und sahen einander ganz dumm vor Verwunderung an. Man wollte nicht glauben, man traute seinen Ohren nicht, die Männer untersuchten das Tier genauer, aber es war und blieb ein ganz natürlicher Affe.

»Aber, wie ist dies möglich!« rief die Frau Bürgermeister. »Hat er mir nicht oft seine Gedichte vorgelesen? Hat er nicht wie ein anderer Mensch bei mir zu Mittag gespeist?«

»Was?« eiferte die Frau Doktorin. »Wie? Hat er nicht oft und viel den Kaffee bei mir getrunken und mit meinem Manne gelehrt gesprochen und geraucht?«

»Wie! Ist es möglich!« riefen die Männer. »Hat er nicht mit uns am Felsenkeller Kugeln geschoben und über Politik gestritten wie unsereiner?«

»Und wie?« klagten sie alle. »Hat er nicht sogar vorgetanzt auf unseren Bällen? Ein Affe! Ein Affe? Es ist ein Wunder, es ist Zauberei!« sagten die Bürger. »Ja, es ist Zauberei und teuflischer Spuk«, sagte der Bürgermeister, indem er das Halstuch des Neffen oder

Affen herbeibrachte. »Seht! In diesem Tuch steckte der ganze Zauber, der ihn in unseren Augen liebenswürdig machte. Da ist ein breiter Streifen elastischen Pergaments, mit allerlei wunderlichen Zeichen beschrieben. Ich glaube gar, es ist Lateinisch; kann es niemand lesen?«

Der Oberpfarrer, ein gelehrter Mann, der oft an den Affen eine Partie Schach verloren hatte, trat hinzu, betrachtete das Pergament und sprach: »Mitnichten! Es sind nur lateinische Buchstaben, es heißt:

DER – AFFE – SEHR – POSSIERLICH – IST – ZUMAL – WANN – ER – VOM – APFEL – FRISST –

Ja, ja, es ist höllischer Betrug, eine Art von Zauberei«, fuhr er fort, »und es muß exemplarisch bestraft werden.«

Der Bürgermeister war derselben Meinung und machte sich sogleich auf den Weg zu dem Fremden, der ein Zauberer sein mußte, und sechs Stadtsoldaten trugen den Affen; denn der Fremde sollte sogleich ins Verhör genommen werden.

Sie kamen, umgeben von einer ungeheuren Anzahl Menschen, an das öde Haus; denn jedermann wollte sehen, wie sich die Sache weiter begeben würde. Man pochte an das Haus, man zog die Glocke, aber vergeblich, es zeigte sich niemand. Da ließ der Bürgermeister in seiner Wut die Türe einschlagen und begab sich hierauf in die Zimmer des Fremden. Aber dort war nichts zu sehen als allerlei alter Hausrat. Der fremde Mann war nicht zu finden. Auf seinem Arbeitstisch aber lag ein großer, versiegelter Brief, an den Bürgermeister überschrieben, den dieser auch sogleich öffnete. Er las:

»Meine lieben Grünwieseler!

Wenn Ihr dies leset, bin ich nicht mehr in Eurem Städtchen, und Ihr werdet dann längst erfahren haben, wes Standes und Vaterlandes mein lieber Neffe ist. Nehmet den Scherz, den ich mit Euch erlaubte, als eine gute Lehre auf, einen Fremden, der für sich leben will, nicht in Eure Gesellschaft zu nötigen. Ich selbst fühlte mich zu gut, um Euer ewiges Klatschen, um Eure schlechten Sitten und Euer lächerliches Wesen zu teilen. Darum erzog ich einen jungen Orang-Utan, den Ihr als meinen Stellvertreter so liebgewonnen habt. Lebet wohl und benützet diese Lehre nach Kräften!«

Die Grünwieseler schämten sich nicht wenig vor dem ganzen Land. Ihr Trost war, daß dies alles mit unnatürlichen Dingen zugegangen sei. Am meisten schämten sich aber die jungen Leute in Grünwiesel, weil sie die schlechten Gewohnheiten und Sitten des Affen nachgeahmt hatten. Sie stemmten von jetzt an keinen Ellbogen mehr auf, sie schaukelten nicht mit dem Sessel, sie schwiegen, bis sie gefragt wurden, sie legten die Brillen ab und waren artig und gesittet wie zuvor, und wenn je einer wieder in solche schlechten, lächerlichen Sitten verfiel, so sagten die Grünwieseler: »Es ist ein Affe.« Der Affe aber, welcher so lange die Rolle eines jungen Herrn gespielt hatte, wurde dem gelehrten Mann, der ein Naturalienkabinett besaß, überantwortet. Dieser läßt ihn in seinem Hof umhergehen, füttert ihn und zeigt ihn als Seltenheit jedem Fremden, wo er noch bis auf den heutigen Tag zu sehen ist.

Es entstand ein Gelächter im Saal, als der Sklave geendet hatte, und auch die jungen Männer lachten mit. »Es muß doch sonderbare Leute geben unter diesen Franken, und wahrhaftig, da bin ich lieber beim Scheik und Mufti in Alessandria als in Gesellschaft des Oberpfarrers, des Bürgermeisters und ihrer törichten Frauen in Grünwiesel!«

»Da hast du gewiß recht gesprochen«, erwiderte der junge Kaufmann. »In Frankistan möchte ich nicht tot sein. Die Franken sind ein rohes, wildes, barbarisches Volk, und für einen gebildeten Türken oder Perser müßte es schrecklich sein, dort zu leben.«

»Das werdet ihr bald hören«, versprach der Alte, »so viel mir der Sklavenaufseher sagte, wird der schöne junge Mann dort vieles von Frankistan erzählen; denn er war lange dort und ist doch seiner Geburt nach ein Muselmann.«

»Wie, jener, der zuletzt sitzt in der Reihe? Wahrlich, es ist eine Sünde, daß der Herr Scheik diesen losgibt! Es ist der schönste Sklave im ganzen Land; schaut nur dieses mutige Gesicht, dieses kühne Auge, diese schöne Gestalt! Er kann ihm ja leichte Geschäfte geben; er kann ihn zum Fliegenwedeler machen oder zum Pfeifenträger; es ist ein Spaß, ein solches Amt zu versehen, und wahrlich, ein solcher Sklave ist die Zierde von einem ganzen Haus. Und erst drei Tage hat er ihn und gibt ihn weg? Es ist Torheit, es ist Sünde!«

»Tadelt ihn doch nicht, ihn, der weiser ist als ganz Ägypten!« sprach der Alte mit Nachdruck. »Sagte ich euch nicht schon, daß er ihn losläßt, weil er glaubt, den Segen Allahs dadurch zu verdienen? Ihr sagt, er ist schön und wohlgebildet, und ihr sprecht die Wahrheit. Aber der Sohn des Scheik, den der Prophet in sein Vaterhaus zurückbringen möge, der Sohn des Scheik war ein schöner Knabe und muß jetzt auch groß sein und wohlgebildet. Soll er also das Gold sparen und einen wohlfeilen, verwachsenen Sklaven hingeben in der Hoffnung, seinen Sohn dafür zu bekommen? Wer etwas tun will in der Welt, der tut es lieber gar nicht oder – recht!«

»Und sehet, des Scheik Augen sind immer auf diesen Sklaven geheftet; ich bemerkte es schon den ganzen Abend. Während der Erzählungen streifte oft sein Blick dorthin und verweilte auf den edlen Zügen des Freigelassenen. Es muß ihn doch ein wenig schmerzen, ihn freizugeben.«

»Denke nicht also von dem Mann! Meinst du, tausend Tomans schmerzen ihn, der jeden Tag das Dreifache einnimmt?« sagte der alte Mann. »Aber wenn sein Blick mit Kummer auf dem Jüngling weilt, so denkt er wohl an seinen Sohn, der in der Fremde schmachtet; er denkt wohl, ob dort vielleicht ein barmerziger Mann wohne, der ihn loskaufe und zurückschicke zum Vater. «

»Ihr mögt recht haben«, erwiderte der junge Kaufmann, »und ich schäme mich, daß ich von den Leuten nur immer das Gemeinere und Unedle denke, während Ihr lieber eine schöne Gesinnung unterlegt. Und doch sind die Menschen in der Regel schlecht, habt Ihr dies nicht auch gefunden, Alter?«

»Gerade, weil ich dies nicht gefunden habe, denke ich gerne gut von den Menschen«, antwortete dieser, »es ging mir gerade wie euch; ich lebte so in den Tag hinein, hörte viel Schlimmes von den Menschen, mußte selbst an mir viel Schlechtes erfahren und fing an, die Menschen alle für schlechte Geschöpfe zu halten. Doch da fiel mir bei, daß Allah, der so gerecht ist als weise, nicht dulden könnte, daß ein so verworfenes Geschlecht auf dieser schönen Erde hause. Ich dachte nach über das, was ich gesehen, was ich erlebt hatte, und siehe – ich hatte nur das Böse gezählt und das Gute vergessen. Ich hatte nicht achtgegeben, wenn einer eine Handlung der Barmherzigkeit übte, ich hatte es natürlich gefunden, wenn ganze Familien tugendhaft lebten und gerecht waren; so oft ich aber Böses, Schlechtes hörte, hatte ich es wohl angemerkt in meinem Gedächtnis. Da fing ich an, mit ganz anderen Augen um mich zu schauen; es freute mich, wenn ich das Gute nicht so sparsam keimen sah, wie ich anfangs dachte; ich bemerkte das Böse weniger, oder es fiel mir nicht so sehr auf, und so lernte ich die Menschen lieben, lernte Gutes von ihnen denken und habe mich in langen Jahren seltener geirrt, wenn ich von einem Gutes sprach, als wenn ich ihn für geizig oder gemein oder gottlos hielt.«

Der Alte wurde bei diesen Worten von dem Aufseher der Sklaven unterbrochen, der zu ihm trat und sprach: »Mein Herr, der Scheik von Alessandria, Ali Banu, hat Euch mit Wohlgefallen in seinem Saale bemerkt und ladet Euch ein, zu ihm zu treten und Euch neben ihn zu setzen.«

Die jungen Leute waren nicht wenig erstaunt über die Ehre, die dem Alten widerfahren sollte, den sie für einen Bettler gehalten, und als dieser hingegangen war, sich zu dem Scheik zu setzen, hielten sie den Sklavenaufseher zurück, und der Schreiber fragte ihn: »Beim Bart des Propheten beschwöre ich dich, sage uns, wer ist dieser alte Mann, mit dem wir sprachen und den der Scheik also ehrt?«

»Wie!« rief der Aufseher der Sklaven und schlug vor Verwunderung die Hände zusammen. »Diesen Mann kennet ihr nicht?«

»Nein, wir wissen nicht, wer er ist.«

»Aber ich sah euch doch schon einigemal mit ihm auf der Straße sprechen, und mein Herr, der Scheik, hat dies auch bemerkt und erst letzthin gesagt: 'Das müssen wackere junge Leute sein, die dieser Mann eines Gespräches würdigt.'«

»Aber, so sage doch, wer er ist!« rief der junge Kaufmann in höchster Ungeduld.

»Gehet, Ihr wollet mich nur zum Narren haben«, antwortete der Sklavenaufseher. »In diesen Saal kommt sonst niemand, wer nicht ausdrücklich eingeladen ist, und heute ließ der Alte dem Scheik sagen, er werde einige junge Männer in seinen Saal mitbringen, wenn es ihm nicht ungelegen sei, und Ali Banu ließ ihm sagen, er habe über sein Haus zu gebieten.«

»Lasse uns nicht länger in Ungewißheit; so wahr ich lebe, ich weiß nicht, wer dieser Mann ist. Wir lernten ihn zufällig kennen und sprachen mit ihm.«

»Nun, dann dürfet ihr euch glücklich preisen; denn ihr habt mit einem gelehrten, berühmten Mann gesprochen, und alle Anwesenden ehren und bewundern euch deshalb; es ist niemand anders als Mustapha, der gelehrte Derwisch.«

»Mustapha, der weise Mustapha, der den Sohn des Scheik erzogen hat? Der viele gelehrte Bücher schrieb, der große Reisen machte in alle Weltteile! Mit Mustapha haben wir gesprochen? Und gesprochen, als wär' er unsereiner, so ganz ohne alle Ehrerbietung?« So sprachen die jungen Männer untereinander und waren sehr beschämt; denn der Derwisch Mustapha galt damals für den weisesten und gelehrtesten Mann im ganzen Morgenland.

»Tröst' euch darüber«, antwortete der Sklavenaufseher, seid froh, daß ihr ihn nicht kanntet; er kann es nicht leiden, wenn man ihn lobt, und hättet ihr ihn ein einziges Mal die Sonne der Gelehrsamkeit oder das Gestirn der Weisheit genannt, wie es gebräuchlich ist bei Männern dieser Axt, er hätte euch von Stund' an verlassen. Doch ich muß jetzt zurück zu den Leuten, die heute erzählen. Der, der jetzt kommt, ist tief hinten in Frankistan gebürtig, wollen sehen, was er weiß.«

So sprach der Sklavenaufseher; der aber, an welchen jetzt die Reihe zu erzählen kam, stand auf und sprach: »Herr! ich bin aus einem Lande, das weit gegen Mitternacht liegt, Norwegen genannt, wo die Sonne nicht, wie in deinem gesegneten Vaterlande, Feigen und Zitronen kocht, wo sie nur wenige Monde über die grüne Erde scheint und ihr im Flug sparsame Blüten und Früchte entlockt. Du sollst, wenn es dir angenehm ist, ein paar Märchen hören, wie man sie bei uns in den warmen Stuben erzählt, wenn das Nordlicht über die Schneefelder flimmert.« (Im Märchenalmanach auf das Jahr 1827 standen hier »Das Fest der Unterirdischen« (norwegisches Märchen nach mündlicher Überlieferung) und »Schneeweißchen und Rosenrot« von Wilhelm Grimm)

Noch waren die jungen Männer im Gespräch über diese Märchen und über den Alten, den Derwisch Mustapha; sie fühlten sich nicht wenig geehrt, daß ein so alter und berühmter Mann sie seiner Aufmerksamkeit gewürdigt und sogar öfters mit ihnen gesprochen und gestritten hatte. Da kam plötzlich der Aufseher der Sklaven zu ihnen und lud sie ein, ihm zum Scheik zu folgen, der sie sprechen wolle.

Den Jünglingen pochte das Herz. Noch nie hatten sie mit einem so vornehmen Mann gesprochen, nicht einmal allein, viel weniger in so großer Gesellschaft. Doch sie faßten sich, um nicht als Toren zu erscheinen, und folgten dem Aufseher der Sklaven zum Scheik. Ali Banu saß auf einem reichen Polster und nahm Sorbet zu sich. Zu seiner Rechten saß der Alte, sein dürftiges Kleid ruhte auf herrlichen Polstern, seine ärmlichen Sandalen hatte er auf einen reichen Teppich von persischer Arbeit gestellt; aber sein schöner Kopf, sein Auge voll Würde und Weisheit zeigten an, daß er würdig sei, neben einem Mann wie dem Scheik zu sitzen.

Der Scheik war sehr ernst, und der Alte schien ihm Trost und Mut zuzusprechen. Die Jünglinge glaubten auch in ihrem Ruf vor das Angesicht des Scheik eine List des Alten zu entdecken, der wahrscheinlich den trauernden Vater durch ein Gespräch mit ihnen zerstreuen wollte.

»Willkommen, ihr jungen Männer«, sprach der Scheik, »willkommen in dem Hause Ali Banus! Mein alter Freund hier hat sich meinen Dank verdient, daß er euch hier einführte; doch zürnte ich ihm ein wenig, daß er mich nicht früher mit euch bekannt machte. Wer von euch ist denn der junge Schreiber?«

»Ich, o Herr und zu Euren Diensten!« sprach der junge Schreiber, indem er die Arme über der Brust kreuzte und sich tief verbeugte.

»Ihr hört also gerne Geschichten und leset gerne Bücher mit schönen Versen und Denksprüchen?«

Der junge Mensch erschrak und errötete; denn ihm fiel bei, wie er damals den Scheik bei dem Alten getadelt und gesagt hatte, an seine Stelle würde er sich erzählen oder aus Büchern vorlesen lassen. Er war dem schwatzhaften Alten, der dem Scheik gewiß alles verraten hatte, in diesem Augenblicke recht gram, warf ihm einen bösen Blick zu und sprach dann: »O Herr! Allerdings kenne ich für meinen Teil keine angenehmere Beschäftigung, als mit dergleichen den

Tag zuzubringen. Es bildet den Geist und vertreibt die Zeit. Aber jeder nach seiner Weise! Ich tadle darum gewiß keinen, der nicht –«

»Schon gut, schon gut«, unterbrach ihn der Scheik lachend und winkte den zweiten herbei.

»Wer bist denn du?« fragte er ihn.

»Herr, ich bin meines Amtes der Gehilfe eines Arztes und habe selbst schon einige Kranke geheilt.«

»Richtig«, erwiderte der Scheik, »und Ihr seid es auch, der das Wohlleben liebet; Ihr möchtet gerne mit guten Freunden hier und da tafeln und guter Dinge sein? Nicht wahr, ich habe es erraten?«

Der junge Mann war beschämt; er fühlte, daß er verraten war und daß der Alte auch von ihm gebeichtet haben mußte. Er faßte sich aber ein Herz und antwortete: »O ja, Herr, ich rechne es unter des Lebens Glückseligkeiten, hier und da mit guten Freunden fröhlich sein zu können. Mein Beutel reicht nun zwar nicht weiter hin, als meine Freunde mit Wassermelonen oder dergleichen wohlfeilen Sachen zu bewirten; doch sind wir auch dabei fröhlich, und es läßt sich denken, daß wir es noch um ein gutes Teil mehr wären, wenn ich mehr Geld hätte.«

Dem Scheik gefiel diese beherzte Antwort, und er konnte sich nicht enthalten, darüber zu lachen. »Welcher ist denn der junge Kaufmann?« fragte er weiter.

Der junge Kaufmann verbeugte sich mit freiem Anstand vor dem Scheik; denn er war ein Mensch von guter Erziehung; der Scheik aber sprach: »Und Ihr? Ihr habt Freude an Musik und Tanz? Ihr höret es gerne, wenn gute Künstler etwas spielen und singen und sehet gerne Tänzer künstliche Tänze ausführen?« Der junge Kaufmann antwortete: »Ich sehe wohl, o Herr, daß jener alte Mann, um Euch zu belustigen, unsere Torheiten insgesamt verraten hat. Wenn es ihm gelang, Euch dadurch aufzuheitern, so habe ich gerne zu Eurem Scherz gedient. Was aber Musik und Tanz betrifft, so gestehe ich, es gibt nicht leicht etwas, was mein Herz also vergnügt. Doch glaubet nicht, daß ich deswegen Euch tadle, o Herr, wenn Ihr nicht ebenfalls –«

»Genug, nicht weiter!« rief der Scheik, lächelnd mit der Hand abwehrend. »Jeder nach seiner Weise, wollet Ihr sagen; aber dort steht ja noch einer; das ist wohl der, welcher so gerne reisen möchte? Wer seid denn Ihr, junger Herr?«

»Ich bin ein Maler, o Herr«, antwortete der junge Mann, »ich male Landschaften teils an die Wände der Säle, teils auf Leinwand. Fremde Länder zu sehen, ist allerdings mein Wunsch; denn man sieht dort allerlei schöne Gegenden, die man wieder anbringen kann; und was man sieht und abzeichnet, ist doch in der Regel immer schöner, als was man nur so selbst erfindet.«

Der Scheik betrachtete jetzt die schönen jungen Leute, und sein Blick wurde ernst und düster. »Ich hatte einst auch einen lieben Sohn«, sagte er, »und er müßte nun auch so herangewachsen sein wie ihr. Da solltet ihr seine Genossen und Begleiter sein, und jeder eurer Wünsche würde von selbst befriedigt werden. Mit jenem würde er lesen, mit diesem Musik hören, mit dem anderen würde er gute Freunde einladen und fröhlich und guter Dinge sein, und mit dem Maler ließe ich ihn ausziehen in schöne Gegenden und wäre dann gewiß, daß er immer wieder zu mir zurückkehrte. So hat es aber Allah nicht gewollt, und ich füge mich in seinen Willen ohne Murren. Doch es steht in meiner Macht, eure Wünsche dennoch zu erfüllen, und ihr sollt freudigen Herzens von Ali Banu gehen. Ihr, mein gelehrter Freund«, fuhr er fort, indem er sich zu dem Schreiber wandte, »wohnt von jetzt an in meinem Hause und seid über meine Bücher gesetzt. Ihr könnet noch dazu anschaffen, was Ihr wollet und für gut haltet, und Euer einziges Geschäft sei, mir, wenn Ihr etwas recht Schönes gelesen habt, zu erzählen. Ihr, der Ihr eine gute Tafel unter Freunden liebet, Ihr sollet der Aufseher über meine Vergnügungen sein. Ich selbst zwar lebe einsam und ohne Freude, aber es ist meine Pflicht, und mein Amt bringt es mit sich, hier und da viele Gäste einzuladen. Dort sollet Ihr an meiner Stelle alles besorgen und könnet von Euren Freunden dazu einladen, wen Ihr nur wollet; versteht sich, auf etwas Besseres als Wassermelonen. Den jungen Kaufmann da darf ich freilich seinem Geschäft nicht entziehen, das ihm Geld und Ehre bringt; aber alle Abende stehen Euch, mein junger Freund, Tänzer, Sänger und Musikanten zu Dienste, so viel Ihr wollet. Lasset Euch aufspielen und tanzen nach Herzenslust. Und Ihr«, sprach er zu dem Maler, »Ihr sollet fremde Länder sehen und das Auge durch Erfahrung schärfen. Mein Schatzmeister wird Euch zu der ersten Reise, die Ihr morgen antreten könnet, tausend Goldstücke reichen nebst zwei Pferden und einem Sklaven. Reiset, wohin Euch das Herz treibt, und wenn Ihr etwas Schönes sehet, so malet es für mich!«

Die jungen Leute waren außer sich vor Erstaunen, sprachlos vor Freude und Dank. Sie wollten den Boden vor den Füßen des gültigen Mannes küssen; aber er ließ es nicht zu. »Wenn ihr einem zu danken habt«, sprach er, »so ist es diesem weisen Mann hier, der mir von euch erzählte. Auch mir hat er dadurch Vergnügen gemacht, vier so muntere junge Leute eurer Art kennenzulernen.«

Der Derwisch Mustapha aber wehrte den Dank der Jünglinge ab. »Sehet«, sprach er, »wie man nie voreilig urteilen muß; habe ich euch zuviel von diesem edlen Manne gesagt?«

»Lasset uns nun noch den letzten meiner Sklaven, die heute frei sind, erzählen hören«, unterbrach ihn Ali Banu.

Jener junge Sklave, der die Aufmerksamkeit aller durch seinen Wuchs, durch seine Schönheit und seinen mutigen Blick auf sich gezogen hatte, stand jetzt auf, verbeugte sich vor dem Scheik und fing wohltönend also zu sprechen an:

*

*

Im »Märchenalmanach auf das Jahr 1827« stand hier »Das Fest der Unterirdischen« von Wilhelm Grimm.

Im »Märchenalmanach auf das Jahr 1827« stand hier »Schneeweißchen und Rosenrot« von Wilhelm Grimm.

*

Die Geschichte Almansors

O Herr! Die Männer, die vor mir gesprochen haben, erzählten mancherlei wunderbare Geschichten, die sie gehört hatten in fremden Ländern; ich muß mit Beschämung gestehen, daß ich keine einzige Erzählung weiß, die Eurer Aufmerksamkeit würdig wäre. Doch wenn es Euch nicht langweilt, will ich Euch die wunderbaren Schicksale eines meiner Freunde vortragen.

Auf jenem algerischen Kaperschiff, von welchem mich Eure milde Hand befreit hat, war ein junger Mann in meinem Alter, der mir nicht für das Sklavenkleid geboren schien, das er trug. Die übrigen Unglücklichen auf dem Schiffe waren entweder rohe Menschen, mit denen ich nicht leben mochte, oder Leute, deren Sprache ich nicht verstand; darum fand ich mich zu der Zeit, wo wir ein Stündchen frei hatten, gerne zu dem jungen Mann. Er nannte sich Almansor und war seiner Aussprache nach ein Ägypter. Wir unterhielten uns recht angenehm miteinander und kamen eines Tages auch darauf, uns unsere Geschichte zu erzählen, da dann die meines Freundes allerdings bei weitem merkwürdiger war als die meinige.

Almansors Vater war ein vornehmer Mann in einer ägyptischen Stadt, deren Namen er mir nicht nannte. Er lebte die Tage seiner Kindheit vergnügt und froh und umgeben von allem Glanz und aller Bequemlichkeit der Erde. Aber er wurde dabei doch nicht weichlich erzogen, und sein Geist wurde frühzeitig ausgebildet; denn sein Vater war ein weiser Mann, der ihm Lehren der Tugend gab, und überdies hatte er zum Lehrer einen berühmten Gelehrten, der ihn in allem unterrichtete, was ein junger Mensch wissen muß – Almansor war etwa zehn Jahre alt, als die Franken über das Meer her in das Land kamen und Krieg mit seinem Volke führten.

Der Vater des Knaben mußte aber den Franken nicht sehr günstig gewesen sein; denn eines Tages, als er eben zum Morgengebet gehen wollte, kamen sie und verlangten zuerst seine Frau als Geisel seiner treuen Gesinnungen gegen das Frankenvolk, und als er sie nicht geben wollte, schleppten sie seinen Sohn mit Gewalt ins Lager.

Als der junge Sklave also erzählte, verhüllte der Scheik sein Angesicht, und es entstand ein Murren des Unwillens im Saal. »Wie«, riefen die Freunde des Scheik, »wie kann der junge Mann dort so töricht handeln und durch solche Geschichten die Wunden Ali Banus aufreißen, statt sie zu mildern? Wie kann er ihm seinen Schmerz erneuern, statt ihn zu zerstreuen?« Der Sklavenaufseher selbst war voll Zorn über den unverschämten Jüngling und gebot ihm zu schweigen.

Der junge Sklave aber war sehr erstaunt über dies alles und fragte den Scheik, ob denn in seiner Erzählung etwas liege, das sein Mißfallen erregt habe. Der Scheik richtete sich auf und sprach: »Seid doch ruhig, Freunde; wie kann denn dieser Jüngling etwas von meinem betrübten Schicksal wissen, da er nur kaum drei Tage unter diesem Dache ist! Kann es denn bei den Greueln, die diese Franken verübten, nicht ein ähnliches Geschick wie das meine geben? Kann nicht vielleicht selbst jener Almansor – doch erzähle immer weiter, mein junger Freund!« Der junge Sklave verbeugte sich und fuhr fort:

Der junge Almansor wurde also in das fränkische Lager geführt. Es erging ihm dort im ganzen gut; denn einer der Feldherrn ließ ihn in sein Zelt kommen und hatte seine Freude an den Antworten des Knaben, die ihm ein Dragoman übersetzen mußte; er sorgte für ihn, daß ihm an Speise und Kleidung nichts abginge; aber die Sehnsucht nach Vater und Mutter machte dennoch den Knaben höchst unglücklich. Er weinte viele Tage lang, aber seine Tränen rührten diese Männer nicht. Das Lager wurde aufgebrochen, und Almansor glaubte jetzt wieder zurückkehren zu dürfen; aber es war nicht so; das Heer zog hin und her, führte Krieg mit den Mamelucken, und den jungen Almansor schleppten sie immer mit sich. Wenn er dann die Hauptleute und Feldherren anflehte, ihn doch wieder heimkehren zu lassen, so verweigerten sie es und sagten, er müsse ein Unterpfand von seines Vaters Treue sein. So war er viele Tage lang auf dem Marsch.

Auf einmal aber entstand eine Bewegung im Heere, die dem Knaben nicht entging; man sprach von Einpacken, von Zurückziehen, vom Einschiffen, und Almansor war außer sich vor Freude; denn jetzt, wenn die Franken in ihr Land zurückkehrten, jetzt mußte er ja frei werden. Man zog mit Roß und Wagen rückwärts gegen die Küste, und endlich war man so weit, daß man die Schiffe vor Anker liegen sah. Die Soldaten schifften sich ein; aber es wurde Nacht, bis nur ein kleiner Teil eingeschifft war. So gerne Almansor gewacht hätte, weil er jede Stunde glaubte, freigelassen zu werden, so verfiel er doch endlich in einen tiefen Schlaf, und er glaubte, die Franken haben ihm etwas unter das Wasser gemischt, um ihn einzuschläfern. Denn als er aufwachte, schien der helle Tag in eine kleine Kammer, worin er nicht gewesen war, als er einschlief. Er sprang auf von seinem Lager, aber als er auf den Boden kam, fiel er um; denn der Boden schwankte hin und wieder, und es schien sich alles zu bewegen und im Kreis um ihn her zu tanzen. Er raffte sich auf, hielt sich an den Wänden fest, um aus dem Gemach zu kommen, worin er sich befand.

Ein sonderbares Brausen und Zischen war um ihn her; er wußte nicht, ob er träume oder wache; denn er hatte nie Ähnliches gesehen oder gehört. Endlich erreichte er eine kleine Treppe, mit Mühe klimmte er hinauf, und welcher Schrecken befiel ihn! Ringsumher war nichts als Himmel und Meer, er befand sich auf einem Schiffe. Da fing er kläglich an zu weinen. Er wollte zurückgebracht werden, er wollte ins Meer sich stürzen und hinüberschwimmen nach seiner Heimat; aber die Franken hielten ihn fest, und einer der Befehlshaber ließ ihn zu sich kommen, versprach ihm, wenn er gehorsam sei, solle er bald wieder in seine Heimat zurück, und stellte ihm vor, daß es nicht mehr möglich gewesen wäre, ihn vom Land aus nach Hause zu bringen, dort aber hätte er, wenn man ihn zurückgelassen, elendiglich umkommen müssen.

Wer aber nicht Wort hielt, waren die Franken; denn das Schiff segelte viele Tage lang weiter, und als es endlich landete, war man nicht an Ägyptens Küste, sondern in Frankistan! Almansor hatte während der langen Fahrt und schon im Lager einiges von der Sprache der Franken verstehen und sprechen gelernt, was ihm in diesem Lande, wo niemand seine Sprache kannte, sehr gut zustatten kam. Er wurde viele Tage lang durch das Land in das Innere geführt, und überall strömte das Volk zusammen, um ihn zu sehen; denn seine Begleiter sagten aus, er wäre der Sohn des Königs von Ägypten, der ihn zu seiner Ausbildung nach Frankistan schicke.

So sagten aber die Soldaten nur, um das Volk glauben zu machen, sie haben Ägypten besiegt und stehen in tiefem Frieden mit diesem Land. Nachdem die Reise zu Land mehrere Tage gedauert hatte, kamen sie in eine große Stadt, dem Ziel ihrer Reise. Dort wurde er einem Arzt übergeben, der ihn in sein Haus nahm und in allen Sitten und Gebräuchen von Frankistan unterwies.

Er mußte vor allem fränkische Kleider anlegen, die sehr enge und knapp waren und bei weitem nicht so schön wie seine ägyptischen. Dann durfte er nicht mehr seine Verbeugung mit gekreuzten Armen machen, sondern wollte er jemand seine Ehrerbietung bezeugen, so mußte er mit der einen Hand die ungeheure Mütze von schwarzem Filz, die alle Männer trugen und die man auch ihm aufgesetzt hatte, vom Kopfe reißen, mit der anderen Hand mußte er auf die Seite fahren und mit dem rechten Fuß auskratzen. Er durfte auch nicht mehr mit überschlagenen Beinen sitzen, wie es angenehme Sitte ist im Morgenlande, sondern auf hochbeinige Stühle mußte er sich setzen und die Füße herabhängen lassen auf den Boden. Das Essen machte ihm auch nicht geringe Schwierigkeit; denn alles, was er zum Munde bringen wollte, mußte er zuvor auf eine Gabel von Eisen stecken.

Der Doktor aber war ein strenger, böser Mann, der den Knaben plagte: Denn wenn er sich jemals vergaß und zu einem Besuch sagte: »Salem aleikum«, so schlug er ihn mit dem Stock; denn er sollte sagen: »Votre serviteur!« Er durfte auch nicht mehr in seiner Sprache denken und sprechen oder schreiben, höchstens durfte er darin träumen, und er hätte vielleicht seine Sprache gänzlich verlernt, wenn nicht ein Mann in jener Stadt gelebt hätte, der ihm von großem Nutzen war.

Es war dies ein alter, aber sehr gelehrter Mann, der viele morgenländische Sprachen verstand. Arabisch, Persisch, Koptisch, sogar Chinesisch, von jedem etwas; er galt in jenem Land für ein Wunder von Gelehrsamkeit, und man gab ihm viel Geld, daß er diese Sprachen andere Leute lehrte. Dieser Mann ließ nun den jungen Almansor alle Wochen einigemal zu sich kommen, bewirtete ihn mit seltenen Früchten und dergleichen, und dem Jüngling war es dann, als wäre er zu Haus. Denn der alte Herr war gar ein sonderbarer Mann. Er hatte Almansor Kleider machen lassen, wie sie vornehme

Leute in Ägypten tragen. Diese Kleider bewahrte er in seinem Hause in einem besonderen Zimmer auf. Kam nun Almansor, so schickte er ihn mit einem Bediensteten in jenes Zimmer und ließ ihn ganz nach seiner Landessitte ankleiden. Von da ging es dann nach »Kleinarabien«; so nannte man einen Saal im Hause des Gelehrten.

Dieser Saal war mit allerlei künstlich aufgezogenen Bäumen, als Palmen, Bambus, jungen Zedern und dergleichen, und mit Blumen ausgeschmückt, die nur im Morgenland wachsen. Persische Teppiche lagen auf dem Fußboden, und an den Wänden waren Polster, nirgends aber ein fränkischer Stuhl oder Tisch. Auf einem dieser Polster saß der alte Professor; er sah aber ganz anders aus als gewöhnlich; um den Kopf hatte er einen feinen türkischen Schal als Turban gewunden, er hatte einen grauen Bart umgeknüpft, der ihm bis zum Gürtel reichte und aussah wie ein natürlicher, ehrwürdiger Bart eines gewichtigen Mannes. Dazu trug er einen Talar, den er aus einem brokatnen Schlafrock hatte machen lassen, weite türkische Beinkleider, gelbe Pantoffeln, und so friedlich er sonst war, an diesen Tagen hatte er einen türkischen Säbel umgeschnallt, und im Gürtel stak ein Dolch, mit falschen Steinen besetzt. Dazu rauchte er aus einer zwei Ellen langen Pfeife und ließ sich von seinen Leuten bedienen, die ebenfalls persisch gekleidet waren und wovon die Hälfte Gesicht und Hände schwarz gefärbt hatte.

Von Anfang wollte dies alles dem jungen Almansor gar wunderlich bedünken; aber bald sah er ein, daß solche Stunden, wenn er in die Gedanken des Alten sich fügte, sehr nützlich für ihn seien. Durfte er beim Doktor kein ägyptisches Wort sprechen, so war hier die fränkische Sprache sehr verboten. Almansor mußte beim Eintreten den Friedensgruß sprechen, den der alte Perser sehr feierlich erwiderte; dann winkte er dem Jüngling, sich neben ihn zu setzen, und begann Persisch, Arabisch, Koptisch und alle Sprachen untereinander zu sprechen und nannte dies eine gelehrte morgenländische Unterhaltung. Neben ihm stand ein Bediensteter oder, was sie an diesem Tage vorstellten, ein Sklave, der ein großes Buch hielt; das Buch war aber ein Wörterbuch, und wenn dem Alten die Worte ausgingen, winkte er dem Sklaven, schlug flugs auf, was er sagen wollte, und fuhr dann zu sprechen fort.

Die Sklaven aber brachten in türkischem Geschirr Sorbet und dergleichen, und wollte Almansor dem Alten ein großes Vergnügen machen, so mußte er sagen, es sei alles bei ihm angeordnet wie im Morgenland. Almansor las sehr schön Persisch, und das war der Hauptvorteil für den Alten. Er hatte viele persische Manuskripte; aus diesen ließ er sich von dem Jüngling vorlesen, las aufmerksam nach und merkte sich auf diese Art die richtige Aussprache.

Das waren die Freudentage des armen Almansor; denn nie entließ ihn der alte Professor unbeschenkt, und oft trug er sogar kostbare Gaben an Geld und Leinenzeug oder anderen notwendigen Dingen davon, die ihm der Doktor nicht geben wollte. So lebte Almansor einige Jahre in der Hauptstadt des Frankenlandes, und nie wurde seine Sehnsucht nach der Heimat geringer. Als er aber etwa fünfzehn Jahre alt war, begab sich ein Vorfall, der auf sein Schicksal großen Einfluß hatte.

Die Franken nämlich wählten ihren ersten Feldherrn, denselben, mit welchem Almansor so oft in Ägypten gesprochen hatte, zu ihrem König und Beherrscher; Almansor wußte zwar und erkannte es an den großen Festlichkeiten, daß etwas dergleichen in dieser großen Stadt geschehe; doch konnte er sich nicht denken, daß der König derselbe sei, den er in Ägypten gesehen; denn jener Feldherr war noch ein sehr junger Mann. Eines Tages aber ging Almansor über eine jener Brücken, die über den breiten Fluß fahren, der die Stadt durchströmt; da gewahrte er in dem einfachen Kleid eines Soldaten einen Mann, der am Brückengeländer lehnte und in die Wellen sah. Die Züge des Mannes fielen ihm auf, und er erinnerte sich, ihn schon gesehen zu haben. Er ging also schnell die Kammern seiner Erinnerung durch, und als er an die Pforte der Kammer von Ägypten kam, da eröffnete sich ihm plötzlich das Verständnis, daß dieser Mann jener Feldherr der Franken sei, mit welchem er oft im Lager gesprochen und der immer gütig für ihn gesorgt hatte. Er wußte seinen rechten Namen nicht genau; er faßte sich daher ein Herz, trat zu ihm, nannte ihn, wie ihn die Soldaten unter sich nannten, und sprach, indem er nach seiner Landessitte die Arme über der Brust kreuzte: »Salem aleikum, Petit-Caporal!«

Der Mann sah sich erstaunt um, blickte den jungen Menschen mit scharfen Augen an, dachte über ihn nach und sagte dann: »Himmel, ist es möglich! Du hier, Almansor? Was macht dein Vater? Wie geht es in Ägypten? Was führt dich zu uns hierher?«

Da konnte sich Almansor nicht länger halten; er fing an, bitterlich zu weinen, und sagte zu dem Mann: »So weißt du also nicht, was die Hunde, deine Landsleute, mit mir gemacht haben, Petit-Caporal? Du weißt nicht, daß ich das Land meiner Väter nicht mehr gesehen habe seit vielen Jahren?«

»Ich will nicht hoffen«, sagte der Mann, und seine Stirne wurde finster, »ich will nicht hoffen, daß man dich mit hinwegschleppte.«

»Ach, freilich«, antwortete Almansor, »an jenem Tage, wo Eure Soldaten sich einschifften, sah ich mein Vaterland zum letztenmal; sie nahmen mich mit sich hinweg, und ein Hauptmann, den mein Elend rührte, zahlt ein Kostgeld für mich bei einem verwünschten Doktor, der mich schlägt und halb Hungers sterben läßt. Aber höre, Petit-Caporal«, fuhr er ganz treuherzig fort, »es ist gut, daß ich dich hier traf, du mußt mir helfen.«

Der Mann, zu welchem er dies sprach, lächelte und fragte, auf welche Weise er denn helfen sollte.

»Siehe«, sagte Almansor, »es wäre unbillig, wollte ich von dir etwas verlangen; du warst von jeher so gütig gegen mich, aber ich weiß, du bist auch ein armer Mensch, und wenn du auch Feldherr warst, gingst du nie so schön gekleidet wie die anderen; auch jetzt mußt du, nach deinem Rock und Hut zu urteilen, nicht in den besten Umständen sein. Aber da haben ja die Franken letzthin einen Sultan gewählt, und ohne Zweifel kennst du Leute, die sich ihm nahen dürfen, etwa seinen Janitscharen-Aga oder den Reis-Effendi oder seinen Rapudan-Pascha; nicht?«

»Nun ja«, antwortete der Mann, »aber wie weiter?«

»Bei diesen könntest du ein gutes Wort für mich einlegen, Petit-Caporal, daß sie den Sultan der Franken bitten, er möchte mich freilassen; dann brauche ich auch etwas Geld zur Reise übers Meer; vor allem aber mußt du mir versprechen, weder dem Doktor noch dem arabischen Professor etwas davon zu sagen.«

»Wer ist denn der arabische Professor?« fragte jener. »Ach, das ist ein sonderbarer Mann; doch von diesem erzähle ich dir ein andermal. Wenn es die beiden hörten, dürfte ich nicht mehr aus Frankistan weg. Aber willst du für mich sprechen bei den Agas? Sage es mir aufrichtig!«

»Komm mit mir«, sagte der Mann, »vielleicht kann ich dir jetzt gleich nützlich sein.«

»Jetzt?« rief der Jüngling mit Schrecken. »Jetzt um keinen Preis, da würde mich der Doktor prügeln; ich muß eilen, daß ich nach Hause komme.«

»Was trägst du denn in diesem Korb?« fragte jener, indem er ihn zurückhielt.

Almansor errötete und wollte es anfangs nicht zeigen; endlich aber sagte er: »Siehe, Petit- Caporal, ich muß hier Dienste tun wie der geringste Sklave meines Vaters. Der Doktor ist ein geiziger Mann und schickt mich alle Tage von unserem Hause eine Stunde weit auf den Gemüse- und Fischmarkt; da muß ich dann unter den schmutzigen Marktweibern einkaufen, weil es dort um einige Kupfermünzen wohlfeiler ist als in unserem Stadtteil. Siehe, wegen dieses schlechten Herings, wegen dieser Handvoll Salat, wegen dieses Stückchens Butter muß ich alle Tage zwei Stunden gehen. Ach, wenn es mein Vater wüßte!«

Der Mann, zu welchem Almansor dies sprach, war gerührt über die Not des Knaben und antwortete: »Komm nur mit mir und sei getrost; der Doktor soll dir nichts anhaben dürfen, wenn er auch heute weder Hering noch Salat verspeist! Sei getrosten Mutes und komm!« Er nahm bei diesen Worten Almansor bei der Hand und führte ihn mit sich, und obgleich diesem das Herz pochte, wenn er an den Doktor dachte, so lag doch so viel Zuversicht in den Worten und Mienen des Mannes, daß er sich entschloß, ihm zu folgen. Er ging also, sein Körbchen am Arm, neben dem Soldaten viele Straßen durch, und wunderbar wollte es ihm bedünken, daß alle Leute die Hüte vor ihnen abnahmen und stehenblieben und ihnen nachschauten. Er äußerte dies auch gegen seinen Begleiter, dieser aber lachte und sagte nichts darüber.

Sie gelangten endlich an ein prachtvolles Schloß, auf welches der Mann zuging. »Wohnst du hier, Petit-Caporal?« fragte Almansor.

»Hier ist meine Wohnung«, entgegnete jener, »und ich will dich zu meiner Frau führen.«

»Ei, da wohnst du schön!« fahr Almansor fort. »Gewiß hat dir der Sultan hier freie Wohnung gegeben?«

»Diese Wohnung habe ich vom Kaiser, du hast recht«, antwortete sein Begleiter und führte ihn in das Schloß. Dort stiegen sie eine breite Treppe hinan, und in einem schönen Saal hieß er ihn seinen Korb absetzen und trat dann mit ihm in ein prachtvolles Gemach, wo eine Frau auf einem Diwan saß. Der Mann sprach mit ihr in einer fremden Sprache, worauf sie beide nicht wenig lachten, und die Frau fragte dann Almansor in fränkischer Sprache vieles über Ägypten. Endlich sagte Petit-Caporal zu dem Jüngling: »Weißt du, was das beste ist? Ich will dich gleich selbst zum Kaiser führen und bei ihm für dich sprechen.«

Almansor erschrak sehr; aber er gedachte an sein Elend und seine Heimat. »Dem Unglücklichen«, sprach er zu den beiden, »dem Unglücklichen verleiht Allah einen hohen Mut in der Stunde der Not; er wird auch mich armen Knaben nicht verlassen. Ich will es tun, ich will zu ihm gehen. Aber sage, Caporal, muß ich vor ihm niederfallen? Muß ich die Stirne mit dem Boden berühren? Was muß ich tun?«

Die beiden lachten von neuem und versicherten, dies alles sei nicht nötig.

»Sieht er schrecklich und majestätisch aus?« fragte er weiter, »hat er einen langen Bart? Macht er feurige Augen? Sage, wie sieht er aus?«

Sein Begleiter lachte von neuem und sprach dann: »Ich will dir ihn lieber gar nicht beschreiben, Almansor, du selbst sollst erraten, welcher es ist. Nur das will ich dir als Kennzeichen angeben: Alle im Saale des Kaisers werden, wenn er da ist, die Hüte ehrerbietig abnehmen; der, welcher den Hut auf dem Kopf behält, der ist der Kaiser.« Bei diesen Worten nahm er ihn bei der Hand und ging mit ihm nach dem Saal des Kaisers. Je näher er kam, desto lauter pochte ihm das Herz, und die Knie fingen ihm an zu zittern, als sie sich der Türe näherten. Ein Bediensteter öffnete die Türe, und da standen in einem Halbkreis wenigstens dreißig Männer, alle prächtig gekleidet und mit Gold und Sternen überdeckt, wie es Sitte ist im Lande der Franken bei den vornehmsten Agas und Bassas der Könige; und Almansor dachte, sein Begleiter, der so unscheinbar gekleidet war, müsse der Geringsten einer sein unter diesen. Sie hatten alle das Haupt entblößt, und Almansor fing nun an, nach dem zu suchen, der den Hut auf dem Kopfe hätte; denn dieser mußte der Kaiser sein. Aber vergebens war sein Suchen. Alle hatten den Hut in der Hand, und der Kaiser mußte also nicht unter ihnen sein; da fiel kein Blick zufällig auf seinen Begleiter, und siehe – dieser hatte den Hut auf dem Kopfe sitzen!

Der Jüngling war erstaunt, betroffen. Er sah seinen Begleiter lange an und sagte dann, indem er selbst seinen Hut abnahm: »Salem aleikum, Petit-Caporal! Soviel ich weiß, bin ich selbst nicht der Sultan der Franken, also kommt es mir nicht zu, mein Haupt zu bedecken; doch du bist der, der den Hut trägt – Petit-Caporal, bist denn du der Kaiser?«.

»Du hast's erraten«, antwortete jener, »und überdies bin ich dein Freund. Schreibe dein Unglück nicht mir, sondern einer unglücklichen Verwirrung der Umstände zu, und sei versichert, daß du mit dem ersten Schiff in dein Vaterland zurücksegelst. Gehe jetzt wieder hinein zu meiner Frau, erzähle ihr vom arabischen Professor und was du weißt. Die Heringe und den Salat will ich dem Doktor schicken; du aber bleibst für deinen Aufenthalt in meinem Palast.«

So sprach der Mann, der Kaiser war; Almansor aber fiel vor ihm nieder, küßte seine Hand und bat ihn um Verzeihung, daß er ihn nicht erkannt habe; er habe es ihm gewiß nicht angesehen, daß er Kaiser sei.

»Du hast recht«, erwiderte jener lachend, »wenn man nur wenige Tage Kaiser ist, kann man es nicht an der Stirne geschrieben haben.« So sprach er und winkte ihm, sich zu entfernen.

Seit diesem Tage lebte Almansor glücklich und in Freuden.

Den arabischen Professor, von welchem er dem Kaiser erzählte, durfte er noch einigemal besuchen den Doktor aber sah er nicht mehr. Nach einigen Wochen ließ ihn der Kaiser zu sich rufen und kündigte ihm an, daß ein Schiff vor Anker liege, mit dem er ihn nach Ägypten senden wolle. Almansor war außer sich vor Freude;

wenige Tage reichten hin, um ihn auszurüsten, und mit einem Herzen voll Dankes und mit Schätzen und Geschenken reich beladen, reiste er vom Kaiser ab ans Meer und schiffte sich ein.

Aber Allah wollte ihn noch länger prüfen, wollte seinen Mut im Unglück noch länger stählen und ließ ihn die Küste seiner Heimat noch nicht sehen. Ein anderes fränkisches Volk, die Engländer, führten damals Krieg mit dem Kaiser auf der See. Sie nahmen ihm alle Schiffe weg, die sie besiegen konnten, und so kam es, daß am sechsten Tage der Reise das Schiff, auf welchem sich Almansor befand, von englischen Schiffen umgeben und beschossen wurde; es mußte sich ergeben, und die ganze Mannschaft wurde auf ein kleineres Schiff gebracht, das mit den anderen weitersegelte. Doch auf der See ist es nicht weniger unsicher als in der Wüste, wo unversehens die Räuber auf die Karawanen fallen und totschlagen und plündern. Ein Kaper von Tunis überfiel das kleine Schiff, das der Sturm von den größeren Schiffen getrennt hatte, und – es wurde genommen und alle Mannschaft nach Algier geführt und verkauft.

Almansor kam zwar nicht in so harte Sklaverei als die Christen, weil er ein rechtgläubiger Muselmann war, aber dennoch war jetzt alle Hoffnung verschwunden, die Heimat und den Vater wiederzusehen. Dort lebte er bei einem reichen Manne fünf Jahre und mußte die Blumen begießen und den Garten bauen. Da starb der reiche Mann ohne nahe Erben, seine Besitzungen wurden zerrissen, seine Sklaven geteilt, und Almansor fiel in die Hände eines Sklavenmaklers. Dieser rüstete um diese Zeit ein Schiff aus, um seine Sklaven anderwärts teurer zu verkaufen. Der Zufall wollte, daß ich selbst ein Sklave dieses Händlers war und auf dasselbe Schiff kam, wo auch Almansor sich befand. Dort lernten wir uns kennen, und dort erzählte er mir seine wunderbaren Schicksale. Doch – als wir landeten, war ich Zeuge der wunderbarsten Fügung Allahs; es war die Küste seines Vaterlandes, an welche wir aus dem Boot stiegen, es war der Markt seiner Vaterstadt, wo wir öffentlich ausgeboten wurden, und, o Herr, daß ich es kurz sage, es war sein eigener, sein teurer Vater, der ihn kaufte!

*

*

Der Scheik Ali Banu war in tiefes Nachdenken versunken über diese Erzählung; sie hatte ihn unwillkürlich mit sich fortgerissen, seine Brust hob sich, sein Auge glühte, und er war oft nahe daran, seinen jungen Sklaven zu unterbrechen; aber das Ende der Erzählung schien ihn nicht zu befriedigen.

»Er könnte jetzt einundzwanzig Jahre haben, sagst du?« so fing er an zu fragen.

»Herr, er ist in meinem Alter, ein- bis zweiundzwanzig Jahre.«

»Und welche Stadt nannte er seine Geburtsstadt? Das hast du uns noch nicht gesagt.«

»Wenn ich nicht irre«, antwortete jener, »so war es Alessandria!«

»Alessandria!« rief der Scheik. »Es ist mein Sohn; wo ist er geblieben? Sagtest du nicht, daß er Kairam hieß? Hat er dunkle Augen und braunes Haar?«

»Er hat es, und in traulichen Stunden nannte er sich Kairam und nicht Almansor.«

»Aber, Allah! Allah! Sage mir doch, sein Vater hätte ihn vor deinen Augen gekauft, sagst du? Sagte er, es sei sein Vater? Also ist er doch nicht mein Sohn!«

Der Sklave antwortete: »Er sprach zu mir: ›Allah sei gepriesen nach so langem Unglück: Das ist der Marktplatz meiner Vaterstadt.‹ Nach einer Weile aber kam ein vornehmer Mann um die Ecke; da rief er: ›Oh, was für ein teures Geschenk des Himmels sind die Augen! Ich sehe noch einmal meinen ehrwürdigen Vater!‹ Der Mann aber trat zu uns, betrachtet diesen und jenen und kauft endlich den, dem dies alles begegnet ist. Da rief er Allah an, sprach ein heißes Dankgebet und flüsterte mir zu: ›Jetzt gehe ich wieder ein in die Hallen meines Glückes, es ist mein eigener Vater, der mich gekauft hat.‹«

»Es ist also doch nicht mein Sohn, mein Kairam!« sagte der Scheik, von Schmerz bewegt.

Da konnte sich der Jüngling nicht mehr zurückhalten; Tränen der Freude entstürzten seinen Augen, er warf sich nieder vor dem

Scheik und rief: »Und dennoch ist es Euer Sohn, Kairam: Almansor; denn Ihr seid es, der ihn gekauft hat.« »Allah, Allah! Ein Wunder, ein großes Wunder!« riefen die Anwesenden und drängten sich herbei; der Scheik aber stand sprachlos und staunte den Jüngling an, der sein schönes Antlitz zu ihm aufhob. »Mein Freund Mustapha!« sprach er zu dem alten Derwisch, »vor meinen Augen hängt ein Schleier von Tränen, daß ich nicht sehen kann, ob die Züge seiner Mutter, die mein Kairam trug, auf seinem Gesicht eingegraben sind. Trete du her und schaue ihn an!«

Der Alte trat herzu, sah ihn lange an, legte seine Hand auf die Stirne des jungen Mannes und sprach: »Kairam! Wie hieß der Spruch, den ich dir am Tage. des Unglücks mitgab ins Lager der Franken?«

»Mein teurer Lehrer!« antwortete der Jüngling, indem er die Hand des Alten an seine Lippen zog, »er hieß: *So einer Allah liebt und ein gutes Gewissen hat, ist er auch in der Wüste des Elends nicht allein; denn er hat zwei Gefährten, die ihm tröstend zur Seite gehen.*«

Da hob der Alte seine Augen dankend auf zum Himmel, zog den Jüngling herauf an seine Brust und gab ihn dem Scheik und sprach: »Nimm ihn hin! So gewiß du zehn Jahre um ihn trauertest, so gewiß ist es dein Sohn Kairam.«

Der Scheik war außer sich vor Freude und Entzücken; er betrachtete immer von neuem wieder die Züge des Wiedergefundenen, und unleugbar fand er das Bild seines Sohnes wieder, wie er ihn verloren hatte. Und alle Anwesenden teilten seine Freude; denn sie liebten den Scheik, und jedem unter ihnen war es, als wäre ihm heute ein Sohn geschenkt worden.

Jetzt füllte wieder Gesang und Jubel diese Halle wie in den Tagen des Glückes und der Freude. Noch einmal mußte der Jüngling, und noch ausführlicher, seine Geschichte erzählen, und alle priesen den arabischen Professor und den Kaiser und jeden, der sich Kairams angenommen hatte. Man war beisammen bis in die Nacht, und als man aufbrach, beschenkte der Scheik jeden seiner Freunde reichlich, auf daß er immer dieses Freudentages gedenke.

Die vier jungen Männer aber stellte er seinem Sohne vor und lud sie ein, ihn immer zu besuchen, und es war ausgemachte Sache, daß er mit dem Schreiber lesen, mit dem Maler kleine Reisen machen sollte, daß der Kaufmann Gesang und Tanz mit ihm teile und der andere alle Vergnügungen für sie bereiten solle. Auch sie wurden reich beschenkt und traten freudig aus dem Hause des Scheik.

»Wem haben wir dies alles zu verdanken«, sprachen sie untereinander, »wem anders als dem Alten? Wer hätte dies damals gedacht, als wir vor diesem Hause standen und über den Scheik loszogen?«

»Und wie leicht hätte es uns einfallen können, die Lehren des alten Mannes zu überhören«, sagte ein anderer, »oder ihn gar zu verspotten? Denn er sah doch recht zerrissen und ärmlich aus, und wer könne denken, daß dies der weise Mustapha sei?« »Und wunderbar! War es nicht hier, wo wir unsere Wünsche laut werden ließen?« sprach der Schreiber. »Da wollte der eine reisen, der andere singen und tanzen, der dritte gute Gesellschaft haben und ich – Geschichten lesen und hören, und sind nicht alle unsere Wünsche in Erfüllung gegangen? Darf ich nicht alle Bücher des Scheik lesen und kaufen, was ich will?« »Und darf ich nicht seine Tafel zurichten und seine schönsten Vergnügen anordnen und selbst dabeisein?« sagte der andere.

»Und ich, so oft mich mein Herz gelüstet, Gesang und Saitenspiel zu hören oder einen Tanz zu sehen, darf ich nicht hingehen und mir seine Sklaven ausbitten?«

»Und ich«, rief der Maler, »vor diesem Tage war ich arm und konnte keinen Fuß aus dieser Stadt setzen, und jetzt kann ich reisen, wohin ich will.«

»Ja«, sprachen sie alle, »es war doch gut, daß wir dem Alten folgten, wer weiß, was aus uns geworden wäre!«

So sprachen sie und gingen freudig und glücklich nach Hause.

*

Über tredition

Eigenes Buch veröffentlichen

tredition wurde 2006 in Hamburg gegründet und hat seither mehrere tausend Buchtitel veröffentlicht. Autoren veröffentlichen in wenigen leichten Schritten gedruckte Bücher, e-Books und audio-Books. tredition hat das Ziel, die beste und fairste Veröffentlichungsmöglichkeit für Autoren zu bieten.

tredition wurde mit der Erkenntnis gegründet, dass nur etwa jedes 200. bei Verlagen eingereichte Manuskript veröffentlicht wird. Dabei hat jedes Buch seinen Markt, also seine Leser. tredition sorgt dafür, dass für jedes Buch die Leserschaft auch erreicht wird.

Im einzigartigen Literatur-Netzwerk von tredition bieten zahlreiche Literatur-Partner (das sind Lektoren, Übersetzer, Hörbuchsprecher und Illustratoren) ihre Dienstleistung an, um Manuskripte zu verbessern oder die Vielfalt zu erhöhen. Autoren vereinbaren direkt mit den Literatur-Partnern die Konditionen ihrer Zusammenarbeit und partizipieren gemeinsam am Erfolg des Buches.

Das gesamte Verlagsprogramm von tredition ist bei allen stationären Buchhandlungen und Online-Buchhändlern wie z. B. Amazon erhältlich. e-Books stehen bei den führenden Online-Portalen (z. B. iBookstore von Apple oder Kindle von Amazon) zum Verkauf.

Einfach leicht ein Buch veröffentlichen: **www.tredition.de**

Eigene Buchreihe oder eigenen Verlag gründen

Seit 2009 bietet tredition sein Verlagskonzept auch als sogenanntes "White-Label" an. Das bedeutet, dass andere Unternehmen, Institutionen und Personen risikofrei und unkompliziert selbst zum Herausgeber von Büchern und Buchreihen unter eigener Marke werden können. tredition übernimmt dabei das komplette Herstellungs- und Distributionsrisiko.

Zahlreiche Zeitschriften-, Zeitungs- und Buchverlage, Universitäten, Forschungseinrichtungen u.v.m. nutzen diese Dienstleistung von tredition, um unter eigener Marke ohne Risiko Bücher zu verlegen.

Alle Informationen im Internet: **www.tredition.de/fuer-verlage**

tredition wurde mit mehreren Innovationspreisen ausgezeichnet, u. a. mit dem Webfuture Award und dem Innovationspreis der Buch Digitale.

tredition ist Mitglied im Börsenverein des Deutschen Buchhandels.

Dieses Werk elektronisch lesen

Dieses Werk ist Teil der Gutenberg-DE Edition DVD. Diese enthält das komplette Archiv des Projekt Gutenberg-DE. Die DVD ist im Internet erhältlich auf **http://gutenbergshop.abc.de**

Zeitfracht Medien GmbH
Ferdinand-Jühlke-Straße 7
99095 Erfurt, Deutschland
produktsicherheit@kolibri360.de